Anyway go

뉴질랜드 트레킹

Anyway go 뉴질랜드 트래킹

펴 낸 날   2026년 1월 20일

지 은 이   구연미
펴 낸 이   이기성
기획편집   이서은, 최인용, 권희연
표지디자인   이서은
책임마케팅   이수영, 김정훈
펴 낸 곳   도서출판 생각나눔
출판등록   제 2018-000288호
주   소   경기도 고양시 덕양구 청초로 66, 덕은리버워크 B동 1708호, 1709호
전   화   02-325-5100
팩   스   02-325-5101
홈페이지   www.생각나눔.kr
이 메 일   bookmain@think-book.com

• 책값은 표지 뒷면에 표기되어 있습니다.
  ISBN 979-11-7048-971-9 (03810)

Anyway go

뉴질랜드 트래킹

구연미

생각나눔

차 례

3장   Anyway back 원상 복귀

01
CHAPTER

Anyway ready
암중모색

1. 은밀한 꿍꿍이

　일 년도 더 전에 뉴질랜드 밀포드 트레킹 여행을 얼리버드로 신청했었다. BBC가 선정한 세계 3대 트레킹 코스 중 하나인 밀포드 트레킹이라니! 친구들과 짧게 고민하고 바로 실행에 옮겼다. 예약금도 걸고 할인도 받고. 얼리버드로 누리는 선물은 할인과 포인트 적립이 다가 아니다. 입안에서 살살 녹여 먹는 알사탕처럼 은밀한 기쁨과 즐거움을 아주 길게 맛볼 수 있다는 거다. 수학여행을 앞둔 단발머리 소녀같이 설렜으며, 먹이를 기다리는 아기 새처럼 한동안 머릴 맞대고 많이도 재재거렸다.

　그러던 중 지난해 2024년 초봄, 느닷없이 날아든 철퇴를 한 방 맞고 팍 꼬꾸라졌다. 자궁경부암 3기 진단을 받은 거다. 헐! 항암치료 7차, 방사선 치료 33차, 추가로 강내 방사선 치료 5차, 도중에 심한 하혈로 수혈까지. 3월 말부터 6월 중순까지 참으로 지난한 치료 과정을 견뎌냈다. 그 후로 3개월마다 정기검진을 받으며 추적 관찰하면서 지난 한 해를 다 보냈다. 치료 후 5년간 3개월, 6개월, 1년 간격으로 추적 관찰하면서 그 결과를 지켜봐야 한다. 유방암 완치 후 24년 만에 다시 찾아온 자궁경부암. 아나, 참! 신께선 나를 엄청 강인한 놈으로 여기나! 아니면 막 대해도 되는 놈으로 여기나! 처음엔 어이가 없고 기가 찼으나 이내 차분한 마음으로 받아들이게 됐다. 항암과 방사선 치료 부작용으로 몸에 다양한 증상과 통증을 겪으면서도 지금 나는 다시 일어섰다. 그리하여 작년 중증 암 환자로 죽어라 고생하며 버텨낸 내게 뉴질랜드 밀포드 트레킹을 선물하기로 했다. 누구도 말릴 수 없는, 나만의 선택으로.

병원에 입원해서 치료 중일 때 친구가 귀띔을 해주었다. 예약금 전액을 환불받을 수 있는 기간이 언제까지니, 지금 취소하면 손해 보지 않는다고. 별 망설임 없이 답했다. 아직 8개월이나 남았는데, 그동안 몸을 잘 추슬러 갈 수 있도록 해 봐야지. 나중에 손해 좀 보더라도 지금 취소할 생각이 없다고 말했다. 희망이 주는 설렘과 기쁨은 항암 주사나 방사선 치료, 수혈이나 면역치료 못지않은 치료제임을 잘 알기 때문이다. 친구가 좀 놀라면서도 기뻐했을 거라 믿는다. 그때부터 본격적인 중증 환자의 은밀한 꿍꿍이가 시작됐다. 밖으로 말을 꺼냈다가는 바로 제지당할 게 뻔하니까.

2. 잔잔발이의 묘책

모든 치료가 끝난 6월 중순부터 집주변이나 가까운 공원길을 조금씩 산책하는 일부터 시작했다. 처음엔 헛다리 짚은 것처럼 다리가 휘청거렸다. 항암, 방사선 치료의 부작용으로 손과 발, 다리뼈와 관절이 모두 약해졌기 때문이다. 골반 림프절까지 수십 차례 받은 방사선 치료 탓에 다리가 종종 붓고 저린다. 당황스럽고 속상하다. 그러다 마음을 고쳐먹고 정신을 차린다. 예전의 몸 상태로는 절대 되돌아갈 수 없다. 별 탈 없이 살아도 세월 앞에 몸은 점점 노화하기 마련인데, 내 경우는 노화에 중병까지 겹쳤으니 그 정도가 좀 심할 뿐이다. 원인을 아니까 서서히 회복해 나가면 된다.

체력 단도리

지난여름 경주 나들이부터 만 보 정도 걸어지기 시작했다. 기뻤다. Slow, Steady, Simple의 3S를 명심한다. 그래. 천천히, 꾸준히, 가볍게 걸어가 보자. 약속이 잡히거나 병원 검진이 있는 날을 빼고는 하루 만 보 이상을 꾸준히 걸었다. 잔잔발이의 위력. 잔걸음이 조금씩 모여서 종아리와 오금의 잔근육으로, 닳은 연골을 감싸는 단단한 인대로 변해 갈 것이다. 놀라운 것은 몸의 잔근육만 느는 것이 아니라, 눈앞이 깜깜할 정도로 약해진 마음에도 잔근육이 조금씩 붙기 시작한 것이다. 내가 살아나서 다시 트레킹을 할 수 있겠다는 작은 희망에 찬 확신이 판도라의 상자 뚜껑을 조금씩 조금씩 들썩이게 한다.

새벽형 인간이라 이른 아침밥을 꼭 챙겨 먹고 나서야 비로소 하루를 연다. 어스름 아침 기운이 서린 블라인드를 걷고 창을 열어 싸한 아침 바람을 쐬는 맛은 일품이다. 하루에 세 끼를 챙겨 먹는 습관은 오래된, 몸에 대한 일종의 의식이다. 처방 약을 먹어야 하고 기력도 많이 부쳐서 끼니를 거르는 일은 거의 없다. 근육이 빠진 몸을 살리기 위해 끼니마다 단백질을 나누어 섭취하려고 애를 썼다. 참 별나다는 이도 있을 거다. 한 끼 거르는 게 뭐 대수냐고. 아니, 나는 큰일 난다. 코드 뽑힌 가전제품처럼 심신이 다 거덜 난다. 얼마 전 TV에 출연한 배우 이병헌의 식습관이 나랑 똑같아서 조금은 위안이 되었다, 흐흐.

잔잔발이로 매일 걷는 것 외에 한 달에 한 번 번개 모임으로 친구들과 만나 서너 시간 걷기도 하고, 빠진 준비물도 챙기며 은밀한 사전놀이를 즐겨왔다. 출발 두 달 전부터 녹용 넣은 보약도 두 제나 먹었다. 물론 면역주사를 매주 3번씩 맞는 것은 말할 필요도 없다. 그리고 트레킹 동안 먹을 공진단도 빠뜨리지 않고 챙겼다. 뭐가 이리도 많은지, 쩝.

쇼펜하우어는 「의지와 표상으로서의 세계」에서 말했다. 의지란 개념은 일반적인 의미뿐만 아니라, 인간의 맹목적인 감성인 욕망, 욕구, 갈망, 추구, 노력, 고집까지 포괄하는 개념이라고. 심지어 식물 성장을 가능케 하는 힘, 광물이 결정을 만드는 힘, 나침반이 북쪽을 향하는 것, 중력 작용 등, 이 모든 것을 그는 의지라 한다. 곧 자연 속에 있는 모든 힘을 의지라고 본 것이다. 맹목적인 욕망에서 시작된 나의 미약한 의지도 자연 속에 있는 모든 있는 그대로의 의지 곧 힘을 받아서 좀 더 단단해지고 밝게 깨어 있고 싶다.

5년간의 추적관찰 시기 중, 지금은 3개월 간격으로 정기검진을 받는 초기 단계다. 이런 때에 성급하고 무모하게 장거리 장시간 여행을 계획했다고 지인의 염려 어린 반대가 이만저만이 아니었다. 하지만 자연을 향한 맹목적인 충동과 새로운 세계를 접하고 싶은 강한 호기심이 지금껏 나를 살려왔고 앞으로도 나를 살릴 본원적인 힘이라 굳게 믿고 있다. 주저 없이 뉴질랜드 트레킹을 떠나기로 결심했다. 신약하게 태어나 잦은 병치레에 중병까지 여러 차례 겪어온 나. 모든 힘의 근원인 자연 속으로 걸어 들어가서 자연의 순수한 에너지를 받아 다시 생기를 얻고 싶다. 하지만 항암 방사선 치료 후 여러 가지 부작용에 시달리고 있다. 무엇보다도 장시간의 비행 거리에다, 단순 관광이 아닌 트레킹을 한다는 무리수가 가족과 지인들을 걱정하게 했다. 나를 아끼는 고마운 마음, 잘 안다. 실은 나도 두렵다. 그럼에도 불구하고 떠나려고 한다. 결코 즉흥적으로 내린 결정은 아니다. 많은 고민과 준비와 노력 끝에 떠나기로 한 것이다.

오전은 정신을 집중해서 늘 하던 책을 읽고 초록한 걸 정리하거나 글 쓰는 일을 규칙적으로 하려고 했다. 아프기 전의 일상이 유지될 수 있도록 애를 썼다. 점심시간 이후는 한 시간 반 정도 산책하고 오후 시간은 여유롭게 쉬면서 컨디션을 유지해 나갔다. 병고를 이겨내기 위해 평소 하던 일을 죄다 중단하고 오직 치료에만 전념하는 것이 최선이라고 생각하지 않는다. 좋아하던 일을 조금씩 하면서 느끼는 보람이나 희열이 어떤 보약이나 주사약보다 더 센 기운을 불어넣어 주니까.

염력 단도리

여기서 염력(念力)은 초능력을 뜻하는 것이 아니라, 한 가지에 전념하여 그로써 장애를 극복하려는 간절한 힘을 뜻한다. 십여 년 전 혼자 공부하면서 정리해 두었던 나의 명리 자료를 우연히 꺼내 봤다. 일간이 경금(庚金)이라 천상은 달, 지상은 강철이나 돌산의 이미지로 상징된다. 강직하고 과단성이 있으나 좀 냉정하다. 똑똑하고 집념이 강한 편이며 경우가 바르다. 규칙대로 움직이고 복잡한 상황을 명쾌하게 정리하지 않으면 직성이 안 풀린다. 나의 기본 성정이라니, 소름이 끼쳤다. 속내를 완전히 들킨 것 같다. 실리를 중시하며 가능한 많은 정보 수집 후 본인이 의사결정을 한다. 헉! 다 털린 기분이다.

대기만성(大器晩成)형으로 초년기에 가을로 시작해 겨울이라는 고초를 이겨내고 노년기에 날로 성장세를 나타내는 사람이라 한다. 으음, 고생할 만큼 했으니 천만다행이다. 자존심이 강해 남 밑에 있기는 힘드나, 직업은 업무 영역이 확실한 공무원이나 교사 등으로 봉급생활은 가능하다 한다. 흐미, 그랬구나. 한 성질 해 입바른 소리도 해대며 이리저리 부대끼기도 했지만 그래도 교직 생활을 무사히 마치고 정년 퇴임까지 했으니까, 참말로 장하다 장해. 노년에 재물복도 있고 남편 복, 자식 복도 있단다. 좋다 좋아! 신약하나 무병장수할 거란다. 음, 좀 많이 신약했지. 중병으로 살면서 몸 여러 곳에 칼을 댔으니까. 무병은 애당초 물 건너갔네, 중병 장수로 고쳐야겠다, 하하.

셀프 명리를 처음 공부하면서 마음 졸이며 혼자 웃기도 하고 울기도 했다. 어떤 방법으로도든 나를 객관화해서 살펴본다는 것은 어렵고 힘든 일이다. 부끄럽기도 하고 두렵기도 했다. 그래도 머리를 쥐어뜯어 가면서 명리를 수박 겉핥기로나마 일독해 낸 것은 스스로 생각해도 격하게 칭찬할 만하다. 나 자신을 용기 내어 바라보기를 잘했다고 생각한다. 남을 볼 때는 눈에 쌍심지 켜고는 도끼눈으로 쳐다보다가 자신을 볼 때는 눈을 반쯤 감고 흐릿하게 보며 살아온 건 아닌지! 남에겐 관대하고 자신에게 냉정하라 했거늘, 쩝. 암튼 그게 쉽지 않다.

떠날 날이 다가오니 나름 철저히 준비해도 스멀스멀 기어드는 불안과 두려움이 나를 흔들고 있다. 이럴 땐 신에게 간절한 마음을 담아 한번 물어볼 수밖에. 올봄에 추적관찰 결과가 좋아서 무소의 뿔처럼 혼자서 때로는 길벗과 손잡고 자유롭고 즐겁게 지구별 여행을 할 수 있게 될지 하느님의 지혜를 간절히 구해본다는 내용으로다가. 역시 셀프 주역점이다. 다년간 주역 공부를 손 놓지 않고 계속한 보람이 있다.

역점을 보니 곤괘(坤卦)가 나왔다. 오, 세상에나! 원(元), 형(亨), 리(利), 정(貞)이 다 갖춰진 으뜸 괘가 나왔다. 나의 현재 상태는 이렇다. 보편적 가치를 구현하며 으뜸이 되어 리더십을 확보하라. 신심으로 주변 사람들과 소통하여 형통한 삶을 살아라. 그대 행동의 끝에는 항상 이로움을 수확할 것이다. 밀포드 트레킹을 주도하긴 했으나 암 환자로 추적관찰 중이니 리더십은 개뿔, 어이구! 그래도 친구들이 나를 추켜세워 준다. 너 믿고 가는 거라 위로하고 격려한다. 도대체 면이 서지 않는다.

곤괘 중 다섯 번째가 태음(太陰)하여 양으로 변하니 비괘(比卦)가 된다. 나의 미래 상태를 보여준다. 주위에 사람들이 빽빽하게 들어차 있다. 사람이 많이 모이게 되면 반드시 서로 비비고 친밀하게 된다. 동맹하고 연합하여 상호 협력한다는 괘다. 와, 죽인다, 이럴 수가! 이건 주위의 도움을 받아 떠나도 된다는 하늘의 계시다. 신난다. 힘이 난다. 오늘도 잔잔발이는 저한테 유리한 조건

이란 조건, 기(氣)란 기는 죄다 끌어모으고 모아서 중환자인 자기 자신을 잊고선 하루하루 새로운 자신을 탄생시키려고 갖은 애를 쓴다. 억지스러우나 혼신으로 반란을 꿈꾸고 있다. 실제로 이번 뉴질랜드 트레킹은 친구들과의 동맹, 연합, 협력의 힘으로 가능했다. 그래서 더 놀랍다. 떠나기 삼 개월 전에 본 역점이다. 체력과 심력에 염력까지 끌어모아서 최소한 내가 가고 싶은 곳은 갈 수 있고, 보고 싶은 것은 볼 수 있을 정도로 나를 만들어 놓아야지.

준비물 단도리

제일 큰 걱정거리는 면역주사다. 주 3회씩 일 년가량 남편이 집에서 주사를 놨다. 주사약과 주삿바늘을 챙겨 가야 되고 또 주사 놓을 사람도 있어야 한다. 이게 문제다. 겁보라서 도저히 셀프로 주사액 일정량을 배에다 놓을 수가 없었다. 11박 13일이니 적어도 다섯 번은 맞아야 한다. 그냥 빼먹을까? 근데 친구 숙녀가 야, 내가 의산데 피하지방 주사 하나 못 놓겠나 한다. 아, 맞네, 그렇네. 친구가 의사 아닌가! 하마터면 친구한테 혼날 뻔했다. 참으로 든든한 백이다.

사실 주치의 샘한테 이번 여행을 이실직고할 수밖에 없었다. 정기검진 날짜도 변경하고 검사 결과도 나 대신 남편이 들어야 하기 때문이다. 그리고 면역주사 소지와 관련하여 주치의가 발급한 영문 치료 확인서가 필요하기도 하니

까. 박 샘이 놀라며 대단하다고 격려한다. 고맙다. 엄청 힘이 되었다. 면역주사
는 어떻게 하느냐고 묻길래 당당히 의사 친구랑 함께 간다고 자랑했다. 또 대
단하다며 격려해 준다. 정말 감사하다.

　여행사 대리가 뉴질랜드는 의약품 관련 검사가 철저하니 필요한 영문 의료
확인서나 처방전을 미리 준비하는 게 좋다고 한다. 거금 이만 원을 들여 진료
확인서를 끊었다. 병원 약국에서 주사약과 처방 약, 영문 처방전을, 동네 내과
에서도 복용 약 영문 처방전을 받았다. 심지어 사위한테서 공진단 영문 처방전
까지 받았다. 공진단 성품 중 사향 성분은 뺐다고 했다. 한약재 성분을 마치 동
식물 관련 식품 반입처럼 오해할 소지가 있을까 봐서. 최선을 다해 꼼꼼하게
주사와 주사약과 치료 약을 챙겼다. 나머지 옷이나 등산 장비 챙기는 것은 일
도 아니다. 짐을 꾸려서 떠났다가 돌아오기가 일상다반사였으니까. 먼 길 떠날
준비가 거의 다 된 것 같다.

02
CHAPTER

Anyway go
어쨌든 가라

1. 첫째 날 고난의 대장정

출국 수속 때 문제가 될 것 같은 각종 약과 주사액, 주사기를 큰 캐리어 대신 기내용 배낭에다 넣어 뒀다. 바로 보여줄 요량으로. 각종 영문확인서나 처방전은 여권 가방에 따로 야무지게 챙기고는 살짝 긴장하면서 짐 검사를 기다렸다. 근데 온갖 준비를 한 내 배낭은 그냥 통과되고 작은 물병 하나 깜박하고 넣어온 친구 가방만 잠시 검사하고 만다. 뭐야! 에이, 괜히 쫄았네. 그래도 정말 다행이다. 오클랜드 입국 때에도 역시 아무런 문제가 없이 통과되었다. 이게 다 철저히 준비한 결과라 여긴다.

인천공항에서는 여유로웠다. 대한항공 마일리지가 많은 친구 덕에 우리 밀포드팀(나, 정은, 숙녀, 정희) 4명은 대한항공 라운지를 이용하게 됐다. 맛난 점심과 다양한 후식과 음료를 챙겨 먹고 느긋하게 즐기며 휴식을 취했다. 숙녀는 쉬고 나는 정은이 남편 선물 고르는 일 겸 산책 겸해서 정희 씨랑 면세점 쇼핑에 나섰다. 이리저리 돌아다니다 보니 만 보가 훌쩍 넘었다. 면세점 아이쇼핑으로 트레킹 워밍업을 한 셈이다.

작년에 사랑하던 남편과 사별한 정희 씨. 그녀의 쓸쓸한 눈빛을 설핏 본다. 애별리고(愛別離苦). 살면서 우리가 겪어야 하는 가장 큰 고통이 배우자와

사별한 슬픔이라지. 그러나 그녀는 참 강하고 속이 깊다. 오늘 아침 김해공항에서 날 배웅하러 나온 남편 모습을 보면서 그녀가 나직이 말했다. 건강했을 때, 우리 남편도 나를 배웅하러 공항에 꼭 나왔었는데……. 그녀가 지닌 그리움과 슬픔의 무게, 짐작이나 할 수 있을까. 그래도 그녀, 힘을 내서 세상을 향해 첫걸음을 떼기 시작한다. 대한민국의 강인한 아내이자 어머니이며 스스로 멋진 여성인 그녀에게 진심 어린 격려의 박수를 보낸다. 작년에 중증 암 환자가 되어 남편을 혼자 남겨두고 떠날 뻔했던 나. 그랬던 내가 오늘 아침 공항에서 남편 배웅을 받으며 먼 길을 떠나려 한다. 인생, 참 버라이어티하다. 한바탕 얄궂은 봄 꿈 같다.

마침내 오클랜드행 비행기 탑승구에서 출국 준비가 시작된다. 이미 일 년 전에 마일리지로 비즈니스석을 끊어뒀던 숙녀. 얼마 전 이코노미석인 나와 자릴 바꾸겠다고 잘라 말했다. 비즈니스석이 이미 다 예약된 상태라 좌석을 업그레이드할 수 없는 상태였다. 너무 미안해서 몇 번이나 거절했다. 친구가 정색한다. 급기야 더 말하면 속상해할 것 같았다. 후유증을 안고 치료관찰 중이어서 나도 실은 장거리 비행시간이 제일 두려웠다. 자리 바꾸는 거, 쉬운 일이 아니다. 친구가 직원에게 다가가, 지금 친척 언니가 몸이 아파서 부득이 자리를 바꿀 수밖에 없다고 어필했다. 다행히 받아들여졌다. 기내에서도 나를 비즈니스석 제 자리까지 안내해 주고는 냅다 가버린다. 고맙다. 내가 뭐라고! 시작부터 친구 신세를 옴팡지게 진다.

집에서 출발하여 오클랜드행 비행기를 타기 전까지 12시간 이상, 또 인천공항에서 오클랜드까지 비행시간이 거의 12시간 가까이 소요된다. 꼬박 24시간이 걸리는 고난의 대장정 첫날이다. 배와 옆구리 주위에 발진인지 두드러긴지 벌겋게 돋는다. 주 3회씩 면역주사를 일 년 가까이 맞다 보니 종종 이럴 때가 있다. 몸이 긴장되거나 힘들다고 보내는 신호다. 들러붙는 속옷이나 바지는 되도록 피한다. '괜찮다 괜찮다.'를 되뇌며 성난 몸을 달랜다.

식사를 거르는 일은 내 사전에 없다. 두 차례의 기내식. 출발 며칠 전에 기내식 메뉴까지 물어보고 친구가 직접 앱으로 신청해 준 메뉴가 차례로 나왔다. 트레이가 좁은 게 아쉽다. 우아하게 차려진 저녁 식사. 하얀 테이블보 위에 쇠고기와 계란 지단, 갖은 나물로 정갈하게 플레이팅된 비빔밥과 맑은 된장국. 디저트로 화이트 와인과 샤인 머스캣, 수박, 파인애플 등 과일과 치즈, 견과류 안주. 이것저것 맛나게 챙겨 먹었다. 참 강한 생존 욕구다. 에고, 숙녀가 생각난다.

좌석을 침대처럼 쭉 펴서 수면제 한 알을 먹고는 바로 드러누워 잤다. 자다가 스튜어디스가 깨우면 바로 일어난다. 아마 이른 아침인 것 같다. 죽어 잤나 보다. 새우 스크램블 에그가 알록달록한 열대 과일로 데코되어 있다. 또 먹고 잤다. 스튜어디스가 다시 깨운다. 종이를 내밀며 입국신고서를 작성하란다. 당당히 앱으로 작성한 입국신고서를 보여줬다. 쏘리, 오케이 한다. 사전 불안의식이 높은 나를 위해 남편이 앱으로 미리 작성해 둔 것이다. 근심 대신 여유로움만 가득하다. 비즈니스석에 편히 드러누워 자지 않았더라면 아마 이번 트레킹은 분명 실패로 돌아갔을 거다. 뉴질랜드 밀포드 트레킹은 이렇게 시작됐다.

3월 8일 [토]

오클랜드 공항에서 다시 국내선으로 환승하여 크라이스트처치까지 1시간 반가량 더 타고 가야만 오늘의 고단한 여정이 끝난다. 북반구에서 남반구에 위치한 뉴질랜드까지, 그것도 뉴질랜드 아래쪽 남섬에 있는 크라이스트처치까지 가는 길. 트레킹을 시작하기 전에 비행기 타고 가다가 뒈질 것 같다. 장거리 비행이 항상 최대 난제다.

캐리어를 찾으러 가는 길. 커다란 나무 사각문이 통로 위에 있다. 독특하다. 괴물 형상이 양쪽 기둥에 크게 두 개, 위쪽에는 작게 네 개가 조각되어 있다. 입을 벌리고 날카로운 송곳니에 혀를 날름거리며 입국자들을 위협하고 있다. 도깨비 모양인데 오히려 귀엽고 웃긴다. 얼굴과 윗몸과 두 팔은 사람이고 긴 몸통과 둘로 갈라진 꼬리는 물고기이다. 영락없이 개구진 도깨비 형상이다. 그래도 사악한 악령이나 외부 침입자를 막는 역할을 한단다. 뉴질랜드에 들어오는 이방인에게 일단 까불지 말고 조심하라고 경고하는 듯하다. 우리나라 시골 마을 초입 고갯길에 서 있는 천하대장군, 지하여장군 역할을 하나 보다.

짐을 찾고 국내선 환승 수속을 마치고는 공항 내에서 점심을 각자 해결하기로 한다. 메뉴 선택을 하기엔 눈에 띄는 식당이 몇 개밖에 없다. 일식당과 맥도

날드 가게 정도. 돈코츠 라멘을 시켰는데 맛이 영 아니다. 너무 짜고 면도 불어 있고. 맥도날드에서 햄버거를 시킨 친구 표정도 딱히 맛있어 보이지 않는다. 지쳐서 그런가. 어서 크라이스트처치행 비행기를 타고 가서 숙소에서 쉬고 싶다. 국내선 한 시간 반 정도의 비행은 인제 껌값이다. 타자마자 내린 듯하다. 매를 맞아야 인간은 철이 드나!

퀸 엘리자베스 공원

남섬에서 가장 인구가 많다는 크라이스트처치. 아름다운 정원이 많아 정원의 도시라 불린다. 2011년 강진으로 주요 건물들이 파괴되어 아직도 여기저기 복구 중이다. 퀸 엘리자베스 공원이 보인다. 지금은 조각상으로 남아있는 엘리자베스 여왕이 영연방국가의 친선 도모를 위해 다목적 경기장을 만든 걸 기념하는 공원이란다. 차창으로 바라만 봤다. 해외에서 다른 나라를 둘러보게 되면 자연히 우리나라와 우리 민족을 돌아보게 된다. 반만년 동안 강대국에 둘러싸여 천 번 가까운 외침을 받은 작은 반도 국가. 하지만 위기 때마다 죽어라 자주독립을 외치며 결사 항전하여 오늘날 대한민국을 있게 한 민족. 달라도 너무 다르다. 그래서 더 각별한가!

해글리 공원에서 하카 춤을

차창에 끝없이 펼쳐진 어마어마한 규모의 해글리 공원. 약 54만 평에 달한다는데, 수치에다 공간치인 나는 이 정도 평수가 얼마나 넓은 건지 잘 모른다. 그저 눈앞의 엄청나게 큰 고목과 넓디넓은 잔디밭에 놀라워할 뿐이다. 나무가 얼마나 거대했으면 나뭇잎 잔뜩 단 가지들이 휘어 땅바닥에 척 닿아있다. 해글리 공원 규모와 거대 고목의 위용에 그만 졌다. 간간이 조깅하거나 개를 데리고 산책하는 주민만 몇몇 보일 뿐, 참으로 넓고 한적한 풍경이다. 잔디밭에서 스포츠를 즐기는 사람도 드문드문 보인다. 넓어도 너무 넓다.

공원 잔디밭, 편안히 누워있는 백인 여친 앞에 건장한 마오리족 청년이 하카 춤을 선보이고 있다. 눈을 부라리며 본다. 신기하다. 땅을 발로 탕탕 구른다.

혀를 쑥 내밀어 상대를 쏘아보며 위협한다. 손바닥으로 가슴팍과 허벅지를 힘껏 내리치면서 춤춘다. 멋지다. 자기 부족의 자부심과 용맹함 그리고 단결력을 보여주는 마오리족의 하카 춤. 출전 의식으로 추던 거라 한다. 여친에게 자신의 야성미와 뿌리에 대한 자긍심을 양껏 뽐내고 있나? 차 안에서 바라봐도 이리 설레는데, 눈앞에서 남친의 하카 춤을 직관한 그녀는 아마 뿅 갔겠지! 혼자 소설을 쓴다. 지금도 럭비나 농구 등 뉴질랜드 국가대표 선수들은 경기 전 상대 선수와 관객 앞에서 세레모니로 하카를 춘다고 한다. 동영상을 보니까 온몸에 전율이 인다. 상대가 절로 제압당할 것 같다.

캐시미어 전망대

캐시미어 전망대에서 내렸다. 크라이스트처치 시가지 전체가 나지막하게 펼쳐져 있다. 참 곱다. 마치 한라산 중산간 오름에서 제주 전체를 조망하는 듯하다. 초가을 날씨는 무슨! 완연히 봄 날씨다. 땅끝은 검푸른 바다. 바다 그 끝에는 명징한 하늘이 연청빛에서 순청빛, 남청빛으로 짙어져 있다. 기다란 흰 구름 떼가 띠지처럼 바다와 하늘의 경계를 짓는다. 묘하게 아름답다. 무슨 말이 더 필요할까?

영국풍의 트램이 시내를 유유히 가로지른다. 보타닉가든에 들렀다. 장미 정원은 빛깔도 향기도 다 화려하다. 예쁘고 고운 꽃들의 정원에 군데군데 커다란 고목이 서늘한 그늘을 드리우며 조화를 이루고 있다. 정열적이며 화려한 꽃들과 말없이 바라보는 고목들. 화려함과 순박함, 요란함과 묵묵함의 조화로 한껏 화려하면서도 단아한 보타닉가든이다. 새파란 잔디와 아름답게 조성된 분수, 정원을 가로지르는 맑은 시냇물과 내리쬐는 강렬한 햇볕과 새파란 하늘. 지수화풍의 조화로 완성된 보타닉가든은 더도 덜도 아닌 완벽한 우아미 그 자체다.

화단에 조성된 꽃 이름을 줄줄 꿰고 있는 꽃 박사 친구 정은, 모르는 꽃 이름이 없다. 사랑하면 저리 잘 알게 되나 보다. 꽃이 워낙 다양한 데다 서양 꽃 이름은 길고 낯설어 돌아서면 바로 까먹는다. 나는 또 묻고 친구는 또 답한다. "저건 서양톱풀, 그건 수국, 요건 선홍, 노랑. 하양 에키네시아…." 꽃 이름을 불러주는 친구 얼굴이 꽃처럼 상기된다. "너거만 꽃이가? 우리도 꽃이다." 6학년 중반, 연식이 좀 있는 꽃들이 흥분해서 사진을 막 찍어댄다. 건질 게 있든 없든 중요치 않다. 마냥 즐겁다. 마침내 시내 크라운 플라자 호텔에 도착하여 고단한 하루를 푼다. 남들은 시내에 밤 나들이 간다지만 우린 모두 곧바로 곯아떨어졌다.

3월 9일 [일]

3. 셋째 날 테카포 호수 트레킹

아침 여섯 시, 숙녀가 면역주사를 놓으러 왔다. 근 일 년 가까이 일주일에 세 번 월수금마다 맞던 주사다. 사실 집에서 남편이 주사 놓을 때 보통은 괜찮은데 긴장해서 놓으면 좀 아팠다. 아프기도 하고 붓거나 가려울 때도 있다. 내가 견뎌야 할 문제다. 근데 친구가 놓은 주사는 언제 들어갔는지도 모를 정도로 아무렇지도 않았다. 역시 전문가 손길이라 다르네. 진심이다, 친구야. 배 아랫부분은 수많은 주사 자국으로 푸르딩딩하다 못해 거무죽죽하기까지 하다. 언제까지 맞아야 할지, 휴우. 주치의 선생님께 대놓고 물어볼 수도 없고.

조식 후, 차로 크라이스트처치 펜달턴 지역을 지나간다. 우리나라 강남 8학군처럼 명문 학군 지역이라 한다. 어느 나라든 교육열은 비슷하다. 과열 경쟁 시대일수록 부모는 무엇이 아이를 위한 최선의 길인지 방향을 잘 잡아가며 지혜롭게 대처해야 한다. 근데 그게 참 어렵다. 스쿨버스가 지나가고 교복 입은 학생들도 눈에 띈다. 그렇지, 오늘이 월요일 아침이네. 나도 오랜 세월 동안 월요일 아침마다 동동거리며 하루를 열었었지. 어느 결에 시간이 흘러 내 아이들이 자라 어른이 되어 있으니, 세월 참 무상하다!

테카포 지역으로 이동한다. 3시간 30분 정도 걸린단다. 이동 거리가 길면 바로 장비(목베개, 등받이 쿠션, 담요 등)를 챙겨 누울 궁리부터 한다. 종종 키가 작은 게 유리할 때가 있다. 두 자리만 비어도 구겨진 채 누울 수 있다. 항암 방사선 치료 후유증 중 가장 힘든 게 뼈와 관절 통증과 암성 피로감이다. 그 외는 자질구레해서 그러려니 한다. 친구들이 이번에는 걷는 일 말고는 아무것도 하지 말라 한다. 고맙다. 나도 정말 그래야겠다고 다짐한다. 트레킹에 집중하는 것 외에는 바보 천지가 되어야지. 원래부터 바보였나, 혹시? 하하. 우리 집 근처 도로 벽에 그라피티 해놓은 스티브 잡스의 글귀 하나가 순간 떠올랐다. 스테이 풀리시(Stay foolish). 잡스가 말한 바보스러움은 모르면 언제든 묻고 또 묻는 지혜로움을 뜻하겠지. 근데 지금 나의 바보스러움은 심신을 통통 비워, 진짜 바보처럼 단순해져서 모자라는 힘을 한군데로 모아 이번 트레킹을 잘 이겨내 보자는 거다.

푸카키 호수

잠시 내려 보란다. 정신을 차리고 하차하니 푸카키 호수가 턱 펼쳐져 있다. 빙하호 특유의 새파란 물빛에 가슴이 출렁한다. 하늘은 청아한 블루 베이스의 캔버스에 흰 구름 물감을 쓱 싹 거칠게 터치해 놓은 풍경화 한 점이다. 멀리 호수와 하늘의 경계에 환상적인 뉴질랜드 최고봉, 3,724미터의 아오라키(구름 봉

우리) 마운트 쿡 정상이 보인다. 톱날 같은 흑갈색 첨예한 암벽 꼭대기는 흰 구름을 드리우고 흰 눈으로 뒤덮인 채 눈부시게 찬란하다. 깊게 새어 나오는 탄성, "으억, 우와아!" 소리밖에 낼 수 없었다. 화초나 고목, 호수나 바람하고는 편안하게 관계 맺기가 이루어진다. 근데 저리 빼어나면서 장엄한 명산 앞에서는 손 내밀기는커녕 절로 고개를 숙이게 된다. 자발적 복종이다. 그래도 가슴은 벅차오른다. 수직적이고 일방적인 관계일지라도 이것 또한 관계 맺기가 아닌가. 위대한 자연은 투플 갑이고 보잘것없는 나는 을인 관계로다가.

어릴 때부터 눈이 나빠 반평생 동안 쭈욱 안경을 써오면서 늘 궁금했었다. 근시에 난시 교정까지 한, 두꺼운 안경알 너머로 보이는 세상이 과연 있는 그대로의 실제일까? 나는 언제나 변형된 세상만 보고 사는 건 아닐까? 원시에 비문증, 망막 천공까지 더해져 누진 다초점 선글라스를 끼고 보는 지금의 이 풍경은 더더욱 진실과 먼 왜곡된 표상이 아닐까? 장엄한 마운트 쿡 앞에서 몸 상태가 참말로 별로인 한 인간이 자신의 초라함을 쓸데없는 물음으로 덮으려는 수작을 부려본다. 마운트 쿡의 비경 한 컷, 그 프레임 속에 나를 집어넣고자 무지 애를 썼다. 에고, 실없어라!

백옥빛 테카포 호수

테카포 호수 트레킹은 8km로, 왕복 3시간 정도 소요되는 가벼운 산책 코스라 한다. 날씨도 쾌청하다. 스틱 없이 얇은 재킷만 걸치고 친구랑 앞서거니 뒤서거니 웃으며 걷는다. 저 멀리 긴 철제다리 아래 밀키 블루의 테카포 호수가 보인다. 테카포 호수는 매켄지 분지의 호수 중 제일 큰 호수라 한다. 호숫물은 빙하에 깎인 암석 가루가 섞여 백옥 빛깔을 띠고 있다. 재작년 EBC(히말라야 베이스캠프) 계곡에 흐르던, 채도 낮은 백옥빛 두드코시강 물빛이랑 똑 닮았다.

다리 건너 호수 둔덕에 돌을 쌓아 만든, 조그마한 선한 목자 교회가 오뚝하니 서 있다. 다리 밑으로는 밀키 블루한 물이 흘러 호수로 잔잔히 흘러간다. 철제 자리가 환상적이다. 마치 승천하려는 용의 단단하면서도 유려한 골격 같다. 양쪽 가장자리는 직선 형태로 쭉 뻗어 있고 가운데 부분은 둥근 활 모양으로 된 긴 철제다리가 묘하게 아름답다. 다리 상판에는 나무판을 덧대 걷기가 편하다. 다리 중간쯤에서 호수를 느긋하게 내려다본다. 찰나 해탈의 경지를 맛본다. 이 다리가 바로 나를 고해의 피안에서 해탈의 차안으로 건네주는 용선이 아닐까?

아담하고 자그마한 선한 목자 교회, 뉴질랜드에서 가장 사진 많이 찍히는 교회 중 하나란다. 아니나 다를까, 관광객으로 북새통이다. 우리라고 뭐 다를까. 소풍 나온 초딩처럼 깔깔거리며 여기저기서 사진을 찍어대느라 정신이 없다. 젊어지고 싶은 자들아, 얼굴에 손대지 말고 어릴 적 친구랑 함께 놀러 가 봐라. 바로 수십 년은 어려진다. 호숫가로 내려가니 수많은 돌탑이 마치 백담사 계곡의 무수한 돌탑처럼 널려 있다. 어디서든 인간은 신의 주제인 자연 앞에서 간절해지나 보다. 나도 작은 돌 하나 돌탑 위에 슬쩍 올려놓는다. 모두 무탈하게 이번 트레킹을 잘 마칠 수 있게 해달라고.

선한 목자 교회, 입장료는 없다. 실내는 어둑하지만, 교회 전면 통창 프레임에 기막힌 풍경화 한 점이 떡 걸려 있다. 고요한 백옥빛 호수와 창공, 그 경계에 놓인 청회색 마운트 존 산군과 하얀 구름 떼, 한가운데 검은 실루엣의 작은

십자가 하나가 무심하게 놓여 있다. 시시각각 장면이 변하는 유일무이한 명화, 신의 주제 앞에 절로 무릎을 꿇는다. 마음이 고요해진다. 잠시 앉아서 감사기도를 올린다. 실내 촬영이 금지되어 눈에, 가슴에 담아간다.

샐 뻔한 하산길

하산길은 마운트 존 정상에 있는 천문대를 우측으로 바라보면서 에둘러 내려오면 된다는 가이드 말을 상기하면서 걷는다. 구릉 같아 보이는 마운트 존을 향해 묵묵히 걸어 올라간다. 나무가 있는 숲길이 끝나자 바람에 휘날리는 건초지 경사길이 시작된다. 사막처럼 황량하다. 흙바람이 휙 불어오고 땡글땡글한 햇볕이 강렬하게 내리쬔다. 점점 내가 회색 인간이 되어간다. 늘 눈앞에 보이는 지점이 사람 애를 태운다. 이 구릉이 정상일 거야. 아니다. 기대는 늘 실망을 부른다. 그냥 무심히 묵묵히 가자고 다짐해도 번번이 그때뿐. 그늘을 드리우는 작은 나무조차 없다. 천문대 주변에 쳐둔 철조망 울타리를 건너지 않았더라면 길을 놓칠 뻔했다. 일행 중 고향 마산서 온 분이 길을 알려줘 위기를 모면한다. 함께 가면 백 리도 십 리가 된다는 말이 맞다. 거의 다 내려와서 또 한번 옆길로 샐 뻔했다. 그래도 친구들과 함께여서 이리저리 궁리하면서 무사히 내려왔다. 오늘 몸풀이인 3시간 정도의 트레킹도 내겐 만만치가 않았다. 예전의 몸이 아님을 있는 그대로 받아들여야지.

아오라키 마운트 쿡 지역으로 1시간가량 이동한다. 숙소는 마운트 쿡 롯지. 롯지가 가로로 엄청 길다. 이층 복도 끝에 있는 우리 방까지 낑낑대며 캐리어를 끌어 올리고 배낭을 메고 가느라 애를 먹었다. 휴우, 숙소에 도착해서 짐을 내려놓아야 트레킹이 제대로 마무리되는구나. 롯지 뒤에 있는 근사한 허미티지 호텔 레스토랑에서 저녁을 먹는다. 화이트 와인을 곁들인 샐러드와 스테이크로 트레킹 첫날을 기념한다.

테이블에 앉은 내 눈높이로 커다란 통창 프레임이 레스토랑 벽면 전체를 차지하고 있다. 그 속에 석양 무렵 황금빛으로 휘황찬란하게 빛나는 마운트 쿡의 첨예한 정상이 바로 코앞에 얼굴을 쓱 들이밀고 있는 게 아닌가. 이럴 수가! 구스타프 클림트의 키스보다 더 황홀하고 찬란한 그림이 눈앞에 펼쳐져 있다니! 저녁 메뉴가 뭐고 맛이 어땠는지 잊어버리게 되었다. 기막힌 설산 마운트 쿡 정상의 비경을 마주 보며 저녁 식사를 하는 호사를 누렸으니까. 살다가 이런 눈 호강을 하는 날도 있구나. 오늘의 하이라이트다. 행복한 저녁 시간. 숙소로 돌아가는 길에 별이 쏟아지고 있다.

3월 10일 [월]

4. 넷째 날-1 마운트 쿡 후커 밸리 트레킹

변수 타스만 호수

조식 후 버스에 탑승하여 근처 DOC 캠핑장에 도착한다. 후커 밸리 트랙은 DOC 캠핑장에서 출발하여 후커 빙하 호수까지 왕복하는 코스다. 서던알프스 산맥 중 아오라키 마운트 쿡을 조망하며 산 사면에 둘러싸인 후커 빙하 호수와 아래쪽에 있는 뮬러 빙하 호수를 보고 후커 계곡을 따라 걷는 트레킹이다. 근데 변수가 생겼다. 철교 보수공사 때문에 열 시 전후가 되어야 트레킹 가능 여부가 결정된다고 한다. 공사 진행 과정에 따라 후커 밸리 트레킹이 취소될 수도 있다니, 이럴 수가!

어쩔 수 없이 인근 타스만 빙하 호수를 보러 간다. 뉴질랜드에서 가장 큰 빙하 호수로 최대 깊이가 600m, 길이가 29km, 폭은 4km라 한다. 여기 빠졌 다간 흔적도 없이 사라지겠다. 깊고 푸른 호수, 살짝 무섭다. 눈이 안 좋아 햇빛 아래에선 늘 선글라스를 껴야 한다. 변용 선글라스 렌즈로 본 물빛, 믿으면 안 된다. 선글라스 너머로는 진청색이더니 벗고 보니 채도 낮은 밀키 블루, 백옥 빛깔이다. 계획에 없던 타스만 호수를 보고 왔다.

반신반의 후커 밸리 길

후커 밸리 트레킹이 가능한지는 뮬러 호수 곁 후커강에 놓인 첫 번째 철교
까지 가봐야 알 수 있단다. 반신반의하면서 올라간다. 경사를 서서히 높여 걷
다 보니 뮬러 호수가 보인다. 첫 번째 다리인 후커강 철교 앞, 인부들이 공사가
막 끝났으니 건너도 된다고 한다. 아, 다행이다. 스틱을 야무지게 쥐고 방풍 재
킷을 여미고는 기분 좋게 데크길을 따라 올라간다.

뮬러 호수에서 후커 호수까지 서서히 고도를 높인다. 돌길과 데크길이 반복된다. 후커 호수가 뮬러 호수로 흘러 들어가는 지점에 두 번째 스윙 브릿지가 나온다. 여기도 다행히 공사가 마무리되어 올라갈 수 있다. 와, 다들 기쁨의 탄성을 지른다. 신이 나서 흔들다리 위에서 발을 팡팡 굴렸다. 다리가 우줄우줄, 흔들거리자, 일행이 무서워 소리를 지른다. 아닌 척하며 더 세게 굴렸다. 숨어 있던 개구쟁이가 툭 튀어나왔다. 후커 호수 초입의 세 번째 다리도 무사통과됐다. 행운에 감사하며 즐겁게 올라간다.

앞서가던 일행 중 용인에 사는 최영님. 보기에는 오십 대로 보이나 실제 나이는 환갑을 넘겼단다. 회사를 운영하는 사장으로 젊고 건강하게 나이 들어가면서 재밌는 놀이를 실컷 하고 싶다 한다. 고난도의 액티브 스포츠를 즐기다가 몸

여러 군데를 크게 다쳤다고 스스럼없이 얘기한다. 어깨 다리 등 철심을 여러 개 박아 지금도 몸이 약간 불편해 보인다. 또 서핑하다 문제가 생겨 중환자실에서 고압 산소통 신세를 지기도 했다고 한다. 들을수록 놀랍다. 그는 완전 키덜트다. 그의 고운 아내 현주씨. 차분하고 똑똑한 그녀는 남편의 취향을 존중해서 액티브한 스포츠도 함께하고, 남편 몸을 보살피려고 필라테스 강사 자격증도 땄다고 한다. 그녀 입장으론 무지 속앓이했을 것 같다. 부산 누나들, 우리 같으면 가만 안 둔다. 바로 도장 찍었을 거라며 완전히 현주씨 편을 들었다. 다 같이 크게 웃고 떠들며 올라갔다.

그가 무심결에 돌아보면서 어디서 들었다는 문구를 읊었다. 구름을 움직이는 힘은 바람이고 사람을 움직이는 힘은 사랑이라고. 공감되어 걸으면서 생각했다. 그렇네. 그는 몸이 좀 불편해도 용기 내어 아내와 함께 뉴질랜드 트레킹을 나섰구나! 사람을 움직이는 힘이 사랑이라면 그 대상은 지금 눈앞에 펼쳐진 아름다운 자연이거나 사랑하는 누구이거나 무엇이겠지. 내겐 누구일까? 남편? 아이들? 아마도 어쩌면 자기애가 강한 나 자신일 수도 있겠지. 구름은 저 혼자 무심히 흘러가지 못하나? 브레인스톰처럼 혼자 생각 놀이를 하다 보니 어느덧 후커 호수에 도착했다.

짜장 후커 빙하 호수가 드러난다. 마운트 쿡 빙하가 녹아내리면서 생긴 탁한 밀키 블루, 백옥 빛깔의 묘한 호수 전경. 호숫가로 내려가니 수면에 유빙이 떠 있다. 도대체 얼마나 오래전에 형성된 빙하의 일부일까? 빙하가 떨어져 나간 흔적이 작은 얼음덩어리로 남아 수면에 떠 있는 거겠지. 유빙 아래에는 작은 빙산이 숨어있지는 않겠지, 설마. 유빙 조각 앞에서 궁금증이 일다가 결국 그 끝에 인간을 보게 된다. 지구별에서 이번 생을 사는 인간의 수명이 얼마나 짧고 초라한 것인지!

호숫가에 빙하 절개면에서 떨어져 나온 얼음덩어리가 밀려와 있다. 살짝 만져 본다. 어, 그냥 투명한 얼음조각이네. 신기하다. 빙하가 심하게 쓸려 내린 마운트 쿡의 가파른 절개면은 진회색 자갈과 모래가 경사면을 이루고, 아래쪽에는 커다란 돌덩어리들이 굴러 내려와 여기저기 널려 있다. 중력에 의해 큰 돌덩어리는 저 아래까지 굴러가고 자갈은 덜 굴러가고 잔돌은 가장 위에 자리하고 있다. 자연의 질서란 참 한결같고 어김없다. 골바람에 호수 가장자리의 물결이 파도처럼 출렁인다.

설산 마운트 쿡

고개 들어 찬찬히 전경을 둘러본다. 저 멀리 흐릿한 회갈색의 설산 마운트 쿡은 새파란 하늘과 하얀 구름을 배경으로 서 있다. 저기서 에베레스트를 최초로 등정한 힐러리 경이 등반 기술을 익혔구나. 가까이 후커 호수 양쪽 기슭은 짙은 검회색 산군이 무대 위 검은 커튼처럼 무겁게 내리깔려 있다. 흰 구름 떼는 휘몰아치는 광풍에 시시각각으로 형태를 바꾸며 관객을 홀린다. 수평이던 구름 떼가 검은 산군 위에서 돌연 수직의 토네이도 모양으로 변한다. 무대 가운데는 여주인 후커 호수가 백옥 빛깔의 아름다운 드레스 자락을 너울거리며 관객을 지긋이 응시한다. 우아한 자태 앞에 나는 호숫가에 널브러진 돌덩이처럼 이름 없는 일개 관객일 뿐. 감흥을 주체할 방법이 당장은 사진밖에 없어 그 곁을 맴돌며 애꿎은 사진만 왕창 찍어댔다. 찍은 횟수만큼 가슴에 남아있길 바라면서.

광풍의 하산길

　하산할 때 후커 계곡이 만들어낸 광풍이 겁나게 불어댔다. 회오리 먼지폭풍 속을 비틀거리며 걷는다. 고개를 들 수가 없다. 휘청대다가 까딱하면 날아간 판이다. 시야가 온통 뿌옇다. 질정 없이 불어제치는 바람을 곱다시 맞으며 내려간다. 나무 판넬 길 위에선 밑으로 나자빠질 지경이다. 스틱을 단단히 붙잡고 머리 팍 숙이고 한 걸음씩 겨우겨우 걸어 내려간다. 덩치 큰 외국인 남자도 비틀거린다. 키 작은 나와 숙녀가 비척거리며 내려오는 걸 보고는 그 외국인이 엄지척을 해준다. 흙먼지를 옴팡지게 뒤집어쓰면서 점점 회색 인간으로 변한다. 겨우 내려왔다. 검은 등산화가 허옇다. 미세한 흙먼지는 아무리 털어도 털리지 않는다.

하산길 후커 계곡의 광풍, 오래 기억될 것 같다. 4시간 반 정도 소요됐다. 예정된 마운트 쿡 후커 밸리 트레킹에 타스만 호수 트레킹까지 더해졌으니. 오늘도 힘들었다, 나는.

5. 퀸스타운으로 이동

퀸스타운까지 차로 4시간 정도 이동해야 한다. 걱정이다. 미니밴 형태의 차라 맨 뒤에 긴 의자가 있어서 그나마 다행이다. 안전벨트가 없어 창가 손잡이를 꽉 쥐었다. 한 시간 정도 억지로 눈을 감고 누워서 간다. 자세가 좀 불편해도 허리를 펴는 게 컨디션 유지에 도움이 된다. 앉아서 갈 때는 파노라마처럼 펼쳐진 시원한 초원을 바라본다. 끊임없이 이어지는 풍경, 파란 하늘 아래 넓고 푸른 초지에서 여유롭게 풀을 뜯고 있는 생명체, 솜뭉치 같고 떼놓은 수제비 같은 양 떼다. 드넓은 초원에는 사람 하나 보이지 않고 비행기 날개처럼 생긴 거대한 스프링클러만 자리를 지키고 있다. 지나가는 사람이라고는 자전거 하이커 두서넛 정도가 고작이다. 샛길에도 양, 풀밭에도 양, 언덕배기에도 양, 나무 그늘에도 양. 남섬은 그야말로 양들의 천국이다. 축사는 아예 없고 초원에서 먹고 자고 비 오면 비 맞고 눈 오면 눈 맞고 저들끼리 어울려 사는 참으로 자유롭고 행복한 녀석들이다.

퇴락한 애로우 타운

자세를 또 바꾼다. 장비를 갖추고는 자리에 구겨져 드러누웠다. 누웠다 앉았

다를 반복하면서 지루하고 힘든 이동시간을 덜어낸다. 도중에 잠시 내려서 애로우 타운을 둘러본다. 애로우(화살)을 '애로, 애로.'라고 발음하면서 다들 웃었다. 정은이가 정확하게 애로우하고 발음하면 부러 애로 애로 하면서 웃기고 또 깔깔댔다. 애로우 타운은 뉴질랜드 개척 시대 금광 개발을 위해 형성된 곳으로 작은 민속촌을 조성해 두었으나 이렇다 할 볼거리는 없다. 퇴락한 애로우 타운과 훼손되어 황량한 금광석 산에서 황금을 향한 인간의 탐욕이 얼마나 허망한 것인가를 엿본다.

카와라우강 번지점프대

차창을 통해 카와라우강 철교에 설치된 세계 최초의 번지점프대를 본다. 오래되어 지금은 사용하지 않는다. 예전에 봤던 「번지점프를 하다」라는 영화에 삽입된 장면이 바로 카와라우강 번지점프대구나. 뉴질랜드에 가고 싶다던 태희 역의 배우 이은주, 그녀는 꽃다운 나이에 홀연 세상을 등지고 말았다. 그 영화는 내게 태희의 서늘하고 공허한 눈빛으로, 인우(이병헌 분)의 쓸쓸하고 애절한 눈빛으로만 남아있다. 서재에서 쇼스타코비치 왈츠 2번을 들으면서 그의 절절한 마지막 독백을 새삼 곱씹어 본다.

몇 번을 죽고 다시 태어난대도, 진정한 사랑은 단 한 번 뿐입니다. 대부분의 사람은 한 사람만을 사랑할 수 있는 심장을 지녔기 때문입니다. 인생의 절벽 아래로 뛰어내린대도, 그 아래는 끝이 아닐 겁니다. 다시 만나 사랑하겠습니다. 사랑하기 때문에 사랑하는 것이 아니라 사랑할 수밖에 없기 때문에 당신을 사랑합니다. 이루지 못한 그들의 슬픈 사랑이 카와라우강물이 되어, 계곡을 메우는 바람이 되어 흐른다. 사랑, 그 참 쓸쓸하다. 퍼뜩 화제를 바꾼다. 살아생전 나도 번지점프를 한 번 해볼 수 있을까? 뛰어내리기엔 너무 늦은 나인가?

리마커블스산맥과 와카티푸 호수

모스번을 지난다. 뉴질랜드 최대 규모의 사슴농장이 있다. 사슴고기 스테이크는 밀포드 트레킹 첫날 맛볼 예정이라는데 어떤 맛일지 궁금하다. 차창 밖으로 장엄한 리마커블스산맥과 푸른 와카티푸 호수가 광폭 파노라마로 쫙 펼쳐져 있다. 리마커블스산맥은 이름 그대로 놀랍고 주목받을 만한 기운을 지닌 산세다. 인간계라기보다 스산한 아수라계 분위기가 느껴진다. 기기묘묘한 암갈색 암벽들이 날카로운 창검이 되어 허공을 찔러대고 있다. 음산한 기운이 서린 것이 「반지의 제왕」 촬영질 수밖에 없겠다. 중간 세계(미들 어스, middle earth)가 공간적 배경인 판타지 영화, 반지의 제왕 3부작 모두 뉴질랜드에서 촬영됐다고 한다. 딱 여기네.

「반지의 제왕」은 스스로 인간보다 위라 여기고 신의 능력을 갖췄음에도 신이 되지 못한 자, 악마와 이에 맞서 연대한 종족들(엘프, 인간, 난쟁이)의 투쟁과 갈등, 음모와 술수, 믿음과 사랑, 배신과 증오, 배려와 결속을 그린 판타지 영화다. 북섬과 남섬 통틀어 무려 150곳이 넘는 장소가 영화 촬영지로 쓰였다 하니, 어느 장소가 어느 장면인지 지정하기도 어렵다. 그냥 뉴질랜드가 다 배경으로 쓰인 거다. 돌아와서 예전에 봤던 반지의 제왕 3편을 다시 보면서 뉴질랜드 트레킹을 추억한다. 3시간짜리 판타지 영화라 끙끙대면서 봤다, 흐흐.

와카티푸 호수는 N자의 번개 모양으로, 와카티푸는 마오리어로 비취옥을 뜻한다. 모양 때문에 수위가 일정한 간격으로 증감하는 특이 현상이 보인다고

한다. 빙하 계곡에 형성된 호수로 길이는 80km이며 뉴질랜드 호수 중 가장 길다고 한다. 가도 가도 와카티푸 호수는 그 끝이 보이지 않는다. 호수는 이름 그대로 맑디맑은 비취빛으로 황홀경이다. 마침내 퀸스타운에 들어선다.

운픈 빨래하기

해발 2,000m 이상의 봉우리들로 이어진 리마커블스산맥에 둘러싸여 있고 비취빛 와키타푸 호수 기슭에 자리한 퀸스타운. 사계절 내내 액티브한 스포츠로 활기가 넘치는 아름다운 관광 도시다. 시내는 도보로 둘러봐도 될 정도로 작고 아담하다. 드디어 얼티미트 하익스 센터 앞에서 하차한다. 휴, 고생했다. 캐리어를 덜덜 끌고 배낭을 메고는 퀸스타운 중심가를 해찰하면서 숙소, 콥손 호텔까지 천천히 걸어서 올라간다. 드디어 오늘의 안식처, 콥손 호텔이 언덕배기 한 편에 음전하게 그 모습을 드러내고 있다.

레이크 뷰의 널찍한 베란다에 햇살이 가득하고, 룸이 넓어 룸메이트인 정은이와 나는 대만족이다. 오자마자 빨래부터 했다. 오늘 마운트 쿡 하산길에서 덮어쓴 먼지가 신경이 쓰였다. 얇은 옷이라 빨아 널면 금방 마를 것 같다. 빨랫줄도 챙겨 왔겠다, 베란다도 넓겠다, 바람도 볕도 좋겠다. 그래, 빨래하기 딱 좋겠다고 하면서. 이게 산티아고 순례길을 걷고 난 뒤 생긴 습관인 듯하다. 그날

그날 빨래해야 하는 알베르게의 고된 저녁이 준 습(껍). 정은이도 처음엔 간단
히 양말과 속옷만 빨려다가 내가 설쳐대는 걸 보고 둘 다 빨래를 왕창 해댔다.
베란다에 빨랫줄을 쳐 여기저기 척척 널었다. 그때만 해도 신났다. 이게 웃픈
헤프닝으로 이어질 줄 모르고, 아나 참!

한밤중의 멘붕

저녁 먹고 돌아와 보니 갑작스레 어두워졌다. 헐, 내가 늦은 오후에 호텔에
온 걸 깜빡했구나. 급하게 빨래를 걷어 룸 안에 빨랫줄을 다시 쳐서 널었다. 문
제는 지금부터다. 내일부터 밀포드 트레킹이 시작되기 때문에 짐을 세 가지로

분류해서 싸야 한다. 4박5일 동안 밀포드 트레킹에 필요한 40리터 배낭과 트레킹이 끝나는 날 갈아입을 옷이 든 빨간 가방과 호텔에 보관하고 갈 캐리어 짐으로 나누어 정리해야 한다. 트레킹에 꼭 필요한 물건 외에는 전부 캐리어에 두고 가야 한다. 오마이가쉬, 분류하기도 힘든데 쓸데없이 빨래를 많이 해서는. 잠깐의 착각으로 일이 도미노처럼 꼬이기 시작했다. 침대 바닥에 침대 위에 짐이란 짐은 다 꺼내놓고 분류하다 보니 도대체 짐이 제대로 싸지지 않는다. 빨래는 축축한 채로 줄에 걸려 있고. 지고 가야 할 40리터 배낭을 어깨에 메어 보니 무게가 감당 안 되고. 난감했다. 멘붕이 왔다. 늦은 밤 남편한테서 몸은 괜찮냐는 안부 전화를 받았다. 그게 트리거가 되어 눈물이 쏟아졌다. 곁에 있던 정은이 놀라며 따라 눈물을 보인다. "연미야, 괜찮다. 짐은 최대한 줄이면 되고 내가 나눠 지면 된다." 그렇게 말하니 더 눈물이 났다. 몸이 중병을 얻기 전과 완전히 달라져 있음을 체감하면서 또 눈물이 났다. 강단지던 내가 이까짓 배낭 무게에 무너져 눈물을 보이다니.

자는 둥 마는 둥 하다가 새벽에 일어나 다시 심기일전해서 짐을 쌌다. 무게가 나가는 거나 꼭 필요하지 않은 것들은 죄다 캐리어에 두고 가기로 한다. 깔끔하지도 않던 내가 왜 유난을 떨었지? 어쩌면 무의식중에 추적관찰 시기에 면역주사까지 맞아가면서 이번 트레킹을 시도한 거라 면역력이 떨어질까 봐 청결에 더 신경을 쓴 건 아닐까? 그저 걷고 싶다는 순수한 욕망과 따라주지 않는 환자인 몸의 현실적 괴리에 현타가 왔나 보다. 그래서 엄청 슬펐구나. 괜찮다, 한번 부딪혀 보자. 곁에 나만큼 나를 아끼는 친구들이 있고 나를 언제나 지지해 주는 가족이 있고, 무엇보다 언제나 내 곁에서 나를 지켜주시는 엄마, 아버지 그리고 붓다의 가피가 있지 않냐!

3월 11일 [화]

6. 다섯째 날 밀포드 트래킹 서막

화재 경보 헤프닝

이 숙소는 일박이 더 예정된 곳이다. 밀포드 트레킹을 마치고 와서 맡겨둔 캐리어도 찾고 퀸스타운 관광도 해야 해서다. 덜 마른 양말은 욕실 드라이기로 말리면 금방 마른다며 친구가 양말을 드라이기에 꽂아두고 잠시 짐을 챙기는 사이 화재 경보 벨이 울렸다. 내선전화까지 따릉 따르르릉. 화들짝 놀라 급히 받았다. 다급한 영어 목소리가 들린다. 화재 벨이 울렸는데, 무슨 일이냐고. 너무 당황해서 "노, 노 프라블럼, 돈 워리, 쏘리 쏘리."라고만 반복하다 안 되겠다 싶어 정은에게 바로 전화를 바꿔 줬다. 거듭 불이 난 게 아니다. 드라이가 사용 중에 김이 올라가서 그런 거라고 설명했다. "쏘 쏘리 블라블라."

곧이어 눈이 부리부리한, 정장 차림의 인도계 지배인이 나타나 무슨 상황인지 심각하게 물었다. 거듭 별일 아니라고 말했다. 근데 그의 눈이 더 동그래진 건 비상벨 헤프닝 때문만은 아니었다. 하필 그때 우리 룸은 아직 정리가 덜 된 짐 꾸러미가 침대와 바닥에 이리저리 널려 있고 빨랫줄의 빨래도 채 다 건지 않아 뒤죽박죽인 혼돈의 도가니탕 그 자체였다. 그가 침묵하다가 돌아간다. 우리도 우리 룸을 쓰윽 둘러보고는 배를 잡고 웃었다. "이런, 으허허 푸하하핫."

그의 표정이 충분히 이해된다.

심기일전한다. 남은 빨래는 따로 방수 팩에 담아 캐리어에 쑤셔 넣었다. 터질 듯한 캐리어에 올라타서는 캐리어를 힘껏 누르면서 겨우겨우 지프를 잠갔다. 덜 마른 옷은 사오일 동안 캐리어 비닐 팩 안에서 잘 숙성되겠지. 마, 낙장불입이다. 아침을 어찌 먹었는지 생각도 안 난다. 우리의 웃픈 헤프닝과 함께 짐 싸기가 끝나 드디어 숙소 로비로 나왔다. 출발 직전, 친구가 앗, 폰을 숙소에 두고 나왔다 한다. 혼비백산인 채 달려가서 겨우 폰을 찾아왔다. 출발 전에 알아차려 천만다행이다. 분명 밤새 부산스럽게 짐을 싸다 울음 운 바보 친구 땜에, 화재 경보 벨이 울리는 해프닝 땜에 혼이 나가서 그랬을 거다. 미안하다, 친구야. 다 내 탓이다.

밀포드 가는 길

얼티미트(Ultimate) 하익스(Hikes) 센터는 각국의 트레커들로 북적인다. 밀포드 트랙은 영국 BBC방송이 죽기 전에 걸어야 할 세계 3대 트레킹 코스로 선정한 곳인 데다 입소문까지 나서 예약이 늘 만원사례란다. 하루 최대 90명까지로 인원을 제한하고 있다. 자연을 훼손하는 주범이 인간이니까 인간의 수를 제한하는 수밖에 없다. 여기서부터 한국인 가이드와 작별하고 UH 소속 현지 가이드가 전담하여 트레커를 안내한다. 영문 이름표를 나눠주면서 배낭과 겉옷에 달라고 한다. 가이드도 이름표를 달았다. 비상시 서로를 확인해 줄 중요한 표식이다. 'YEONMI.' 대문자로 이름만 적혀 있다. 성이 붙은 'YEONMI KU'보다 친근감이 들어서 좋다. 문득 국민학교 입학 때 콧물 닦는 손수건과 함께 달았던 이름표 생각이 난다. 모범 학생처럼 4박 5일 동안 눈에 잘 띄게 가슴팍에 야무지게 달고 다녔다. 등산용품점에서 샌드플라이 퇴치용 안면 그물망도 구입한다. 드디어 UH 전용 버스에 오르니 설레면서도 살짝 긴장된다. 그토록 꿈꾸던 밀포드 트레킹이 시작되는 건가!

테아나우에서 내려 점심을 먹고 주차장에 세워둔 UH 전용 버스 앞에서 기념 촬영을 했다. 차에 오르기 전 주차장 마당에서 둘러서서 현주씨 시범 아래 간단한 스트레칭 동작을 따라 했다. 부산 아지매들, 제대로 된 동작이 나올 턱이 없다. 코어 근육 부족과 오십견 증세로 비틀비틀, 기우뚱거리며 서로를 바라보다가 캬캬캬 캑캑거리며 웃어 젖힌다. 스트레칭이 놀이로 변해 버렸다. 그래도 피로가 좀 풀린다. 테아나우 타운으로 이동하는 데에 2시간 반 정도 걸렸다.

또다시 밀포드행 보트에 승선해서 1시간 30분 동안 테아나우 호수를 건너간다. 이건 뭐, 너무 넓어서 바단지 호순지 헷갈린다. 젊은 선장은 곡예 하듯 신나게 운전하며 시원하게 물살을 가른다. 하얀 거품이 뱃전에 부서져 쏟아져 내리니 여기저기 탄성이 쏟아진다. 속이 뻥 뚫릴 정도로 시원하다. 밀포드 트랙,

너를 만나러 장거리 비행에, 장거리 버스 타기에, 장거리 보트 타기까지 하는구나. 마침내 글레이드 와프 선착장에 도착했다. 내리자마자 등산화를 소독해야 한다. 소독수에 등산화를 적시는 의식. 밀포드 트레킹 시작을 알리는 통과의례 같아서 짐짓 엄숙해진다. 돌 하나 이끼 하나, 벌레나 곤충 한 마리도 너와 같은 자연의 일부이니, 함부로 대하지 말라는 경고의 의식인가 보다. 눈앞에 펼쳐진 숲길. 초록 이끼와 은고사리 군락, 고사리 나무와 온갖 온대우림 초목이 한데 어울려 있는 숲길이 밀포드 트랙이 드디어 시작됨을 알린다. 그래, 맞다, 딱 아바타 촬영지네.

글레이드 하우스

구름 위를 걷는 기분으로 발걸음도 가볍게 한 20분 정도 걷다 보니 푸른 잔디 평원에 웰컴 글레이드 하우스라는 나무 입간판이 보인다. 밀포드에서 처음 묵을 숙소, 글레이드 하우스가 음전하게 우릴 기다리고 있다. 이름 그대로 참 기쁜 숙소이다. 짐을 풀고 홀가분한 몸과 마음으로 잔디밭에 나와 오후의 느긋한 햇볕과 클린턴 강가에서 부는 미풍을 느끼며 주변 풍경을 느긋하게 둘러본다. 여기가 바로 밀포드 트랙 출발지구나. 숙소 근처의 원시 온대우림 숲길을 가이드 잭의 안내로 1시간가량 산책하듯 걸으면서, 밀포드 트랙을 에피타이저로 간단히 맛보는 시간을 갖는다. 여유롭다. 천천히 걸어가면서 밀포드의 조류와 꽃과 나무 설명을 듣는다.

밀포드 맛보기

부시로빈을 처음으로 봤다. 부시로빈, 밀포드 초입 클린턴 계곡에서 특히 많이 서식한다더니! 아니나 다를까, 바로 발 앞에서 내려앉아서는 한점 경계심도 없이 나를 빤히 올려다본다. 어, 너 왔어? 하는 표정으로. 연회색 빛이 도는 오동통한 몸매에 흰색 배로, 참새보다 훨씬 크며 친화력이 장난 아니다. 참 사랑스럽다. 사람들 관심을 독차지할 정도로 귀엽기 짝이 없다. 숲이 울창해서 하늘이 잘 안 보인다. 어웅한 원시 온대우림이라 물기 머금은 온갖 이끼들, 제 세상이다. 물먹은 바윗길에다 진창길이어서 엄청 미끄러웠다. 엉거주춤 조심조심 앞 사람을 따라 올라가며 밀포드 트랙을 미리 맛본다.

가이드 잭이 페퍼트리 앞에서 설명한다. 짙은 숲이 뿜어내는 엄청난 양의 피톤치드 덕분인지 잘 알아듣진 못해도 저절로 행복감에 젖어 든다. 페퍼트리 잎을 떼서 한번 씹어보라 한다. 이름처럼 매운 후추 맛이 훅 난다. 맵고 떫다, 에퉤! 마오리족이 치통약으로, 아기 젖 떼는 용도로 사용했다더니 그럴 만하네. 입이 얼얼하다. 책자로 아는 것보다 직접 체험하는 게 훨씬 오래 기억된다. 밀포드 전반에 뉴질랜드 고유종인 너도밤나무가 자생하고 있단다. 너도밤나무 중에도 습기 많은 곳에 주로 서식하는 실버 너도밤나무가 가장 많다면서 잭이 너도밤나무 잎을 보여주면서 설명한다. 밤나무랑 좀 다르게 생겼는데 너도밤나무라 불린다. 밤나무가 부러운가 보다. 너도밤나무도 있고 나도밤나무도 있으니까. 1시간가량의 짧은 산책 코스지만 유익하고 몰입도 높은 시간이었다.

사슴고기 스튜와 일정 브리핑

저녁 식사 때 예고했던 사슴고기 스튜가 나왔다. 현지 음식을 맛보는 것도 여행이나 트레킹이 주는 중요한 경험인지라 어지간하면 먹어보려 한다. 사슴고기는 어떤 맛일까? 뉴질랜드에서는 소고기보다 고가로 팔린다니 좀 놀랍다. 짙은 갈색 사슴고기 스튜 곁에 으깬 감자랑 구운 아스파라거스가 노란색과 초록색으로 층층이 데코되어 맛깔나 보인다. 헉, 소고기보다 더 부드럽다니! 난생처음 맛보는 사슴고기 스튜. 웬걸, 맛있다. 레드 와인이 곁들여진 완벽한 저녁 한 상이다.

저녁을 먹고 나서 메인 가이드가 내일 일정을 브리핑한다. '요시에'라는 이름의 일본계 여성 메인 가이드가 허스키한 목소리로 내일 일정을 소개한다. 목소리가 굉장히 거칠어서 듣기가 힘들다. 제대로 알아들을 수가 없다. 실은 영어 듣기가 잘 안되는 탓이겠지. 그래도 내 곁에 전직 영어 선생, 정은이가 있어서 아무 문제 없다. 메인 가이드 그녀는 내 또래로 보이는 키가 아주 작은 중년 일본계 여성이다. 오랫동안 햇볕에 노출되어 까무잡잡해진 피부에 키는 작지만, 근육으로 다져진 다부진 몸매로 밀포드 트랙 메인 가이드 업무를 척척 해낸다. 대단하다.

　오늘 하루 이동 일정이 빡빡해서인지 모두 지쳐 있다. 다들 피해 가고 싶은 영어로 자기소개를 하는 시간이 돌아왔다. 차례가 되어 앞에 나가서 서니 좀 떨린다. 떨려서 더듬거렸지만 그래도 하고 싶었던 말로 나를 소개했다. 모르는 외국인이나 팀원이 내 어눌한 소개말을 알아들었는지는 그다지 중요하지 않다. 그냥 나를 소개하고 마음속에 담아두었던 말만 간단히 표현하면 된다. 떨리는 와중에도 마지막으로 내가 좋아하는 작가, 니코스 카찬차키스의 묘비명 내용을 언급하며 소개를 마쳤다. "I don't want anything(나는 어떤 것도 원하지 않는다). I am not afraid of anything(나는 아무것도 두렵지 않다). I am free(나는 자유다)." 나도 이렇게 살고 싶었다. 아무것도 원하지 않게 되기를, 그리하여 아무것도 두려워하지 않기를, 마침내 완전히 자유로워지기를. 해탈의 경지라 이루기가 꽤 힘이 들겠지. 그래도 늘 꿈은 꾼다. 길을 좋아하는 사람들 앞에서 떨리는 목소리로 독백에 가까운 나의 다짐을 뱉어내어 속이 후련하다. 길고 긴 하루를 마치고 숙소로 돌아와 곤한 하루를 마감하고는 꿀잠에 든다.

밀포드 트랙 1일 차, 3월 12일 [수]

7. 여섯째 날 클린턴 계곡 길

밀포드 트레킹 포문

아침은 뷔페식이다. 첫 출발을 앞두고 있어선지 다들 부산스럽다. 접시에 수란과 베이컨과 샐러드를 곁들여서 근사한 에그 베네딕트를 만들려 했으나 모양이 좀 별로다. 남들은 잘도 예쁘게 담아내는구만. 그래도 맛은 있다. 점심은 각자 자기 도시락을 싼다. 샌드위치를 만들어 도시락통에 담고 사과와 과자 간식도 좀 챙기고 따뜻한 찻물도 보온병에 담고 물통도 가득 채운다.

8시경에 대망의 밀포드 트레킹 포문이 열린다. 몸은 가벼운데 마음은 홀로 비장하다. 악을 무찌르려 출격하는, 미친 편력 기사 이달고 돈키호테 데 라만차 같은 심정이라고나 할까? 밀포드 트랙은 글레이드 와프부터 샌드플라이 포인트까지 총 53.5km(33.5마일)이다. 본격적인 걷기는 3일 동안 3구간으로 나누어 걷는데, 오늘이 그 첫 구간이다. 지금 내 몸 상태가 온전하지 않음을 명심 또 명심하자. 글레이드 하우스 앞 풀밭에서 함께 그리고 따로 출발한다. 키가 크거나 작거나, 덩치가 크거나 적거나 간에, 각국 각양각색의 트레커들이 앞다투어 출발하는 모습은 밀포드의 아침 풍경만큼이나 아름답고 활기차다.

초입에서 에메랄드빛 클린턴강 물목을 가로지르는 서스펜션 다리를 건넌다. 트레킹이 시작된다는 설렘으로 몸과 마음이 다 다리 위에서 출렁거린다. 내밀한 행복감이 밀려온다. 아, 내가 마침내 밀포드 트랙 위에 서게 되는구나! 지난해의 기막힌 상황을 떠올리면 지금 여기 내가 걷고 있는 것이 기적이 아니고 뭐겠나. 맑게 빛나는 클린턴강 계곡을 따라 가벼운 발걸음을 내디딘다. 근데 강 이름이 왜 미국의 전 대통령 이름과 같을꼬! 누가 인명이 아니라 영국 지명에서 따온 거란다. 뉴질랜드 지명에 원체 유명 인사 이름이 많아서 혹시나 했는데 이건 아니네.

너도밤나무 숲길 따라

초가을 날씨가 아니라 햇볕이 쨍한 것이 완전 초여름 날씨다. 그래도 하늘은 높고 청명하여 푸르다 못해 시리다 시려. 친구들이랑 어깨춤을 추며 신명나게 걷는다. 즐겁게 길 속으로, 우리의 사는 이야기 속으로 흘러 흘러 들어간다. 어릴 때 소풍 가는 길 같다. 길가에 있는 습지 트랙도 에돌아 보고 간다. 하이레어리 헛(나무로 지어놓은 오두막)이 보인다. 무거운 배낭을 내려놓으니 날아갈 것 같다.

오른쪽 어깨와 등이 욱신거린다. 오른쪽 난소 절제, 오른쪽 가슴 절제, 오른쪽 어깨에 피하낭종 수술, 결정적으로 오른쪽 가슴에 심겨 있는 캐모포트까지, 헐! 이러니 오른쪽 어깨가 빠질 듯 아플 수밖에. 친구가 내 짐을 나누어졌기 망정이지 아니면 제대로 걸을 수 있었겠나! 길이 나를 철들게 한다. 몸의 고통을 인정하고 긍정하기까지 시간이 그리 오래 걸리지는 않았다. 몸의 병보다 절망에 휩싸인 마음을 극복하고 이런 지금의 나를 귀히 여기며 사랑하게 된 것도 다 트레킹, 길 위에 일단 나서기 덕이 아닌가.

나무 벤치에 앉아 친구랑 옹기종기 둘러앉아 싸 온 샌드위치를 먹었다. 맛보다 에너지원이라 여기며 꾸역꾸역 먹었다. 가이드가 준비한 따뜻한 커피 한 잔을 마시니 환대받는 기분이 들면서 힘이 난다. 사과 한 알까지 마저 베어 먹으니 완벽하다, 배가 부른 게 탈이지만. 트레킹에서 잘 먹고 휴식하는 시간은 걷는 시간 못지않게 중요하다. 지친 몸과 마음에 휴식과 여유를 주기에.

하이레어리 폭포와 클린턴 계곡 너도밤나무 숲길 따라 이어지는 청량한 물소리에 귀만 호강하는 게 아니다. 몸과 마음 깊숙한 곳까지 정화되는 기분이다. 인지학자 루돌프 슈타이너가 분류한 12 감각 중 청각에 대해 사색하게 된다. 청각으로 지각하는 소리는 물체의 가장 깊은 곳에서 울려 나오는 물체의 고유한 성질로, 우리는 청각을 통해서 물체의 본질을 파악할 수 있다고 한다. 그렇다면 음이온 가득한 폭포와 강물 소리가 폭포와 강물의 고유한 성질이라는 건데, 나는 이 맑고 고운 물소리의 본질에 제대로 접근할 수 있을까? 폭포나

강물 소리가 귀의 달팽이관을 통과해서 뇌로 전달되면서 물소리는 더 이상 단순한 물질세계의 소리가 아니다. 정신적인 차원으로 내면화되어 근심이나 두려움, 원망이나 슬픔을 지워버리고 어느새 평온한 의식 상태를 가져다준다. 이런 게 물멍을 통한 명상인 건가! 암튼 들끓던 마음 한구석이 편안해진 것은 분명하다. 걸어가는 내내 몸과 마음이 경쾌하고 맑기만 하다.

웨카와 다이빙맨

숲길을 유유히 가로질러 종종걸음으로 걸어가는 새 한 마리를 만난다. 색깔이나 크기가 꼭 까투리 같기도 하고 작은 암탉 같기도 하다. 뉴질랜드에만 서식하는 고유종으로 퇴화해서 날지 못하는 새, 웨카였다. 길 걷다가 종종 마주치는 녀석인데 나만 반갑고 저는 무심히 종종걸음치며 제 갈 길만 간다. 도도한 녀석. 그래도 길에서 우연히 마주치면 그저 사랑스럽고 반갑다. 온대우림 숲속 이끼들, 꽃만큼 눈부시게 아름답다. 보랏빛, 핑크빛, 선홍빛, 연둣빛, 연녹빛 이끼 떼가 알록달록한 잔꽃 무리로 화해 숲길 가에서 나를 환대한다. 장하다, 너 참 잘 왔다! 어쩜 이끼 군락이 이리도 곱고 아름다울까! 숲길에서 찍은 사진 속 내 얼굴이 환희심으로 빛나고 있다. 여기가 청산이고 파라다이스다.

사이드 트랙에 있는 히든 레이크로 걸어 들어간다. 하늘은 높푸르고 햇볕은 쨍쨍하고 호숫물이 맑으니 물을 좋아하는 트레커들이 그냥 지나칠 리 있나! 용감한 트레커 몇몇이 간편복 차림으로 호숫물에 뛰어든다. 우리는 그저 바라보고 탄성만 지를 뿐. 물에 풍덩 뛰어든 외국인 아가씨, 입술이 시퍼렇게 되어 오들오들 떨면서 도로 뛰쳐나온다. 근데 중년의 근육질 외국인 남자 하나, 시원하게 호숫물을 가르며 헤엄쳐 호수 저편 바위까지 건너간다. 세상에, 그가 암벽을 타고 위로 올라가 뾰족 바위에 떡 서더니 한점 망설임도 없이 호숫물로 첨벙 뛰어드는 게 아닌가. "와아! 짝짝짝! 굿! 굿! 굿!" 탄성과 함께 구경꾼들 아낌없는 박수를 보낸다. 그의 용기에 보는 나도 덩달아 상기된다. 우리는 그냥 호숫가에서 사진이나 찍어야지. 친구들이랑 포즈를 취하여 사진을 찍으려는 찰나, 다이빙하던 그 아저씨 어느새 우리 뒤로 와서 함께 사진 찍어도 되냐고 묻는다. "당근이쥬!" 함께 활짝 웃으며 즐거운 추억 한 조각을 간직하고 간다.

오늘은 밀포드 트레킹 첫날이라 3구간 중 제일 수월한 길이었다. 이런 생각은 바로 깨진다. 마지막 쉼터(버스 스탑이라 표기된 곳) 후 붉은빛을 띤 커다란 돌덩어리들이 버글버글 부정형으로 널려 있는 경사진 너덜 바윗돌 언덕길이 딱 버티고 있다. 너덜이라기엔 이건 바윗덩어리 하나가 커도 너무 크다. 숏다리인 나로는 어떻게 다리를 올릴 수 없는 높이다. 난감하다. 쩔쩔매고 있는데 저 위에 짠하고 멋진 가이드 총각이 나타나 긴 팔을 뻗어 손을 내민다. 배낭을 메고 스틱을 쥔 채 안절부절못하는 나를 순식간에 위로 쓱 끌어 올린다. 비탈진 너덜 바윗길을 가제트 팔의 슈퍼맨 가이드 총각 덕분에 무사히 올라왔다.

멋진 가이드의 아우라가 쉬이 가시지 않는다. 드디어 오늘 목적지인 폼폴로

나 롯지가 지친 나를 반갑게 맞는다. 오늘 하루 걷기가 무사히 끝났음을 알리는 폼폴로나 나무문 기둥을 잡고 사진을 남긴다. 많이 지쳤으나 표정은 밝게 웃고 있다. 오늘은 16km를 7시간 정도 걸었다.

숙소는 이층에 있는 방으로 넷이 같이 쓰게 되어 있다. 오늘도 정은이가 자기는 키가 크니 2층으로 올라간다면서 1층 자릴 양보한다. 천사 같은 친구다. 넷이 한방이라 한참 웃고 떠들며 피로를 푼다. 저녁을 먹고 샤워랑 빨래를 마치고 건조장에 빨래를 널어 말린다. 사람들이 얼마나 날랜지 우린 거의 꼴찌에 속한다. 샤워장이나 빨래터가 텅텅 비어서 좋다. 건조대에 빨래가 잔뜩 널린 것 외에는 별문제가 없다. 다 마른 옷가지 틈을 비집고 이리저리 널었다. 강한 열풍에 빨래가 금방 마른다. 내일 배낭 꾸리는 데에 전혀 지장이 없다. 오케이다. 갑자기 콥손 호텔 헤프닝이 생각나서 헛웃음이 절로 새어 나온다.

애니웨이 고

내일은 비가 예고되어서 우중 걷기를 해야 한다. 게다가 내일이 가장 힘든 코스가 될 것 같아서 걱정이다. 하지만 상황에 맞닥뜨리면 그런대로 걸어 내게 되어 있다. 메인 가이드 요시에가 저녁 식사 후에 내일 일정을 상세히 힘주어 설명한다. 그녀의 거칠고 탁한 일본식 영어 발음 중 다른 건 잘 안 들리고,

"애니웨이 고 업 업 업, 애니웨이 고 다운 다운 다운."라고만 들린다. 애니웨이를 강조해서 반복하는 그녀의 거친 목소리만 웽웽거리며 귓전에 박힌다. 애니웨이가 강렬하게 남아있어 이번 여행기 제목을 「Anyway Go」로 정하게 됐다. 그래, 어쨌든 가야지. 숙소로 돌아가는 길, 밤공기가 서늘하다. 짐을 점검하고 잠을 청한다. 코 고는 소리를 자장가 삼으려 했으나 잘 안된다. 내일 일정이 걱정되어 수면제 반 알을 먹고는 이불을 뒤집어쓰고 억지로 잠들었다.

밀포드 트랙 2일차, 3월 13일 [목]

8. 일곱째 날 매키넌 패스

빗속으로 저벅저벅

　가장 많은 체력이 요구되는, 밀포드 트랙의 정점인 매키넌 패스(1,154미터)를 넘어가는 날이다. 밤새 내리던 비가 그칠 줄을 모른다. 스패츠에 고어텍스 재 킷에 판초까지 우중 트레킹 준비는 제대로 갖추었으나 마음 한구석의 긴장감 은 좀처럼 떨쳐내지 못한다. 오늘 빗길에도 무탈하게 매키넌 패스를 넘어서 마 지막 코스인 서덜랜드 폭포까지 갈 수 있기를 간절히 기도한다. 8시를 출발점 으로 완전 군장을 한 군인처럼 수십 명의 트레커들이 묵직한 자신만의 배낭을 지고는 폼폴로나 정문을 지나 빗속으로 저벅저벅 힘차게 걸어 들어간다. 다들 비장하다.

　힘든 코스일수록 제 페이스대로 가야 한다. 오버페이스도 안 되고 너무 처져도 안 된다. 매키넌 패스는 아서 계곡을 끼고 하트 산과 벌룬 산 사이에 놓인 높고도 거친 고개다. 고개를 들어 주변 산세를 살펴보니 아찔하다 못해 어지럽기까지 하다. 저 험한 데를 올라가야 하나! 멈춰서 옆을 보니, 밤새 내린 비로 산골짝마다 크고 작은 폭포가 하얀 명주실 꾸러미처럼, 터진 진주 목걸이처럼 흘러내리고 있다. 트레커를 괴롭히는 비가 아름다운 폭포가 되어 트레커의 심신을 재충전하고 있다. 그래, 내리는 비는 땀과 열을 식혀줘서 장거리 산행에 그리 나쁘지 않지. 지극한 모순율! 주변 풍경의 아름다움에 눈을 돌리며 애써 마음의 여유를 가져본다.

드디어 가파른 오르막 언덕길이 나온다. 열일곱 개의 지그재그 돌길이 이어진다더니. 하염없이 오르고 또 오른다. 지그재그 길은 급경사 길의 고도를 낮춰 편하기도 하지만 길이 길어지는 게 흠이다. 도긴개긴! 양가적이니 어쩔 수 없다. 처음에는 지그재그 길을 하나씩 오를 때마다 세면서 접어 가다가 나중에는 지쳐서 관뒀다. 의미 없다. 땀인지 빗물인지 판초가 한 짐이다. 콧물까지 추접스레 흐른다. 훌쩍훌쩍 쓰읍쓰읍. 코 푼 손수건이 다 젖었다, 에휴. 정신이 혼미해질 무렵 지그재그 길이 끝난다. 비에 젖은 판초와 미끄러운 돌길이 온몸을 아래로 잡아끈다. 매키넌 패스가 가까워지려나! 고개 쪽에서 강풍까지 불어제친다. 스틱으로 진흙 길을 찍어 당기며 막심을 쓴다. 빗길은 초긴장 상태로 걷기 때문에 에너지가 배로 든다. 휴우!

천상의 고개에서 무지개를

뿌연 비안개 사이로 매키넌을 기리는 돌탑이 보인다. 드디어 내가 밀포드 트랙 중 가장 높은 매키넌 패스에 도착했구나. 정은이랑 얼싸안으며 기뻐했다. 강풍이 불어 빗물에 흠뻑 젖은 판초가 얼굴을 사정없이 때린다. 비척거리며 돌탑에 서서 스틱을 치켜들고 환호 속에 사진을 찍었다. 근데 뒤쪽이 갑자기 환하게 밝아 온다. 고개를 돌렸다. 어 뭐야! 움푹 팬 구릉 좌우로 동그라니 눈부시게 고운 무지개가 걸려 있는 게 아닌가! 도대체 무지개를 본 게 언제였지! 아름다운 자연이 바로 신이라더니. 눈앞의 일곱 빛깔 고운 무지개가 붓다의 광배처럼 찬란하고 경이롭다. 여기서 이런 무지개를 보다니! 황홀감으로 벅차오른다. 남은 길이 힘들어도 잘 내려갈 수 있을 것 같다. 아쉽지만 무지개를 가슴에 품고 내려가야지.

고개를 내려가는 길모퉁이에, 세상에, 여성 가이드 한 분이 천사처럼 나타나 따뜻한 차 한 잔을 건네는 게 아닌가! 이 높은 매키넌 패스까지 자기 키보다 더 큰 거대한 배낭을 지고 올라와서는 비와 땀에 젖고 피로에 찌든 내게 따뜻한 차를 대접한단 말인가! 김이 솔솔 올라오는 차 한 잔이 냉기와 피로를 싹 가시게 한다. 커피를 마셨는지 차를 마셨는지 생각나지 않는다. 그녀의 배려와 헌신에 내 감사의 마음까지 섞인 넥타르 한 잔을 천상의 고개에서 마신 거다. 감동 백배다. 한 사람의 정성과 환대가 겨드랑이에서 날개가 돋는 듯 힘이 절로 솟게 한다. 매키넌 패스의 첫 번째 기적이 무지개라면 가이드가 내민 따끈한 차 한 잔은 두 번째 기적이 아닐까. 둘 다 기막힌 타이밍이다. 인생은 타이밍이라 했는데!

　판초가 비바람에 힘들다고 칠락팔락 유난을 떤다. 비가 잦아들자 거추장스러운 판초부터 걷어 올려 어깨에 두른다. 패스 헛에 들러 정은이와 정희 씨랑 샌드위치와 따뜻한 차로 간단히 점심을 먹고는 곧바로 하산한다. 가이드가 친구 숙녀는 메인 가이드랑 뒤에 같이 올라오고 있으니 걱정 말고 먼저 내려가라고 한다. 그래도 내려가는 내내 마음이 편치 않았다. 어디 다친 건 아니겠지. 가이드가 함께한다고 하니 믿고 가야지. 내리막길은 빗물에 미끄덩거리는 거친 너덜 돌길이다. 무섬증이 팍 든다. 부정형 돌덩이들의 불규칙적이고 난해한 널림에 빗물로 미끄럽기까지 하니 위험천만하다. 길을 아니까 더 무섭다. 신경을 있는 대로 곤두세워 한 걸음 한 걸음 조심하며 내려간다.

길만 내려다보고 걷다가 벼랑 끝 창공에서 들리는 괴상한 새 울음소리에 걸음을 멈춘다. 창공을 가로지르며 나는 커다란 새를 봤다. 엄청 커서 처음에는 매나 독수린 줄 알았다. 근데 와아아, 케아 앵무새다. 케아 앵무는 앵무새 중 유일하게 산악지대에 서식하는데, 현재는 멸종 위기에 처해 보호를 받는 희귀종이다. 전체가 황록색 깃털인데 날개 죽지를 쫙 펴니 날개 아래쪽이 화려한 주황색이다. 적에게는 위압감이, 암컷에게는 유혹이 될 것 같다. 코앞에 보는 나도 화려한 주황빛에 혹한다. 식민 시대 때 가축에게 피해를 준다고 오해하여 집중 사냥을 당한 결과 현재는 멸종 위기라 한다. 안타깝다. 근데 매키넌 패스 하신길에서 운 좋게도 이리 귀한 케아 앵무를 만나다니. 이게 바로 매키넌 패스에서의 세 번째 기적이다. 뜬금없이 「찬실이는 복도 많지」라는 영화 제목이 떠오르며, 찬실이 대신 미야는 참 복도 많지를 되뇌며 혼자 엄청 기뻐했다.

　뒤따라 걷던 정희 씨가 나지막한 목소리로 말을 건넨다. 안개 끼고 비 내리던 언덕길, 앞뒤 아무도 없이 혼자 남겨졌을 때란다. 텅 빈 허공을 향해 그리운 남편 이름을 크게 외쳐 부르며 목을 놓아 통곡했다고 한다. 잘했다고 그녀를 위로하며 함께 말없이 눈물지으며 걸어 내려갔다. 데이비드 호킨스는 「의식 혁명」에서 울지 않고 가슴속에만 담아두면 치유할 수 없지만 울음을 터트리면 그때부터 치유가 시작된다고 했다. 그리움을, 서러움을, 외로움을, 원망을 가슴에 담아두면 병이 되지만 털어내면 조금씩 가벼워진다. 말 없는 위로와 격려를 동행하는 발걸음에 실어서 보낸다. 내가 선두에 서고 정은이랑 정희 씨가 뒤따라 내려왔다. 아마도 나를 배려하고 케어하기 위함인 듯하다. 함께함 자체가 고맙고 고마울 따름이다.

　내려오다 행색이 너무 초라한 청년을 봤다. 허름한 옷에 작은 배낭을 기우뚱하게 메고 있는 데다 신발은 낡은 워킹화를 신고 있는 게 아닌가. 빗길에 험한 너덜겅 하산길을 도대체 어쩌자고 저런 차림으로! 걱정하면서 따라가는데, 정은이 바로 청년에게 다가가서 배낭끈을 반듯하게 당겨서 고쳐준다. 청년은 겸연쩍어하면서 고마움을 표한다. 친구는 그 일행의 사진도 찍어 주고 스몰 토킹도 해가며 내려온다.

험한 하산길을 죽을 둥 살 둥 내려왔다. 평소에도 재바른 걸음인데 마음마저 서두르는 기색이 역력하다. 멈춰서서 친구를 부르며 잘 오고 있는지 확인했다. 어서 내려가자고. 왜 그랬을까? 너무 힘든 하산길을 빨리 끝내고 싶은 마음에서? 하산하던 다른 팀이 물어봤다. 왜 친구 한 명은 안 보이냐? 두고 왔냐? 낙오된 거 아니냐? 걱정하는 척하면서 자신들의 건재함을 과시하는 듯한 말투에 열받았나! 근데 누가 누굴 챙긴다는 거지! 제 한 몸 주체하기도 힘들면서. 오른쪽 어깨가 쑤신다. 오른쪽 브래지어 끈에 대놓은 가제 수건도 별 소용이 없다. 몸의 통증보다 어쩌면 서덜랜드 폭포에 가려면 늦어도 4시 언저리까지 무조건 내려가야겠다는 맹목적인 의지가 더 강해서일까? 잘 모르겠다, 복잡한 내 마음속을.

서덜랜드 폭포를 향해서

다 내려왔다. 4시 15분이라 거의 데드라인이다. 퀸틴 롯지에 배낭을 얼른 벗어 두고는 정은이랑 정희 씨랑 서덜랜드 폭포를 향해 다시 바삐 걸어 올라갔다. 실은 숙소에 널브러져 꼼짝없이 드러누워 있어야 할 몸 상태다. 도대체 무엇이 내 몸을 이끌어 서덜랜드 폭포로 향하게 한 것일까? 어쩌면 다시 오기 힘드니 이번 기회에 어떻게든 꼭 보고 가리라는 무모한 열망이 아름다운 서덜랜드 폭포를 의식 속으로 강하게 끌어당겼나 보다. 후들거리는 몸을 다시 세우고 나는 걷는다. 신체를 매개로 의지의 세계인 마음이 표상의 세계인 아름다운 자연을 만나 위로와 격려를 받고 싶었나 보다.

미국 국적 교포팀 부부가 우리를 별명으로 부르며 말한다. 딴엔 친근감을 표현한 건지 몰라도 무례하게 들렸다. 우리를 땡땡이(빨강 땡땡이 무늬 모자를 쓴 친구), 발발이(부지런하고 발 빠른 친구), 산티아고(산티아고 순례길을 완주한 나)로 멋대로 지어 부르고 있다. 별명은 상대가 들었을 때 기분 나쁘게 들리면 완전 꽝이다. 그런 건 자기들끼리 있을 때 불러야 한다. 나이도 제법 들어 보이는 사람들이 매너가 좀 없다. 꼭 어린애들이 상대방 약 올릴 때 하듯이 메타포라고는 없고 일차원적이며 부정적인 단어만 골라 쓰는 게 유치하기 짝이 없다. 매너가 신사를 만든다는데, 쩝. 땡땡이 친구는 어쩌고 당신들만 겨우 내려왔냐는, 비아냥거리는 듯한 말투. 걱정보다 조롱에 가깝게 들린다. 한국을 떠난 지 너무 오래돼서 예의를 잊은 미국인이 되어 버린 건가. 오기로 지금 그 친구는 내려와 숙소에서 씻고 쉬는 중이다, 그래서 우리끼리 폭포에 다녀오기로 했다고 둘러댔다. 사실 메인 가이드랑 안전하게 거의 다 내려왔다는 소식을 전해 들은 터였다.

우리가 거의 마지막이다. 벌써 폭포를 보고 내려온 이들이 여유로운 표정으로 힘을 내라 한다. 위로가 되지 않는다, 더 낼 힘도 없다. 길을 나섰기에 가는 거지. 한 계단 한 계단 한 걸음 한 걸음 거리를 좁히며 올라가는 수밖에. 야생의 아서 계곡 숲길, 날것 그대로여서 걷기가 만만찮다. 계단 폭도, 길도 자연

그대로여서 힘들어도 매혹적이라 계속 가게 된다. 자연이 지닌 양의성은 떨쳐 낼 수 없는 마성의 힘으로 나를 버티며 걷게 한다. 폭포 물소리가 점점 계곡 풍경을 잠식한다. 서덜랜드 폭포를 향해서 혼이 반쯤 나간 채 올라갔다. 아, 드디어 서덜랜드 폭포의 비경이 나타난다.

　서덜랜드 폭포 전체를 지긋이 응시하며 서 있는 곳까지 음이온 가득한 물보라가 일곱 빛깔 무지개로 흩어져 날린다. 세계에서 다섯 번째로 높은 폭포라는데 그 밑에까지 내려갈 여력이 없다. 폭포 물소리에 젖고 물보라에 젖고 깊은 감흥에 젖는다. 세 개의 폭포 줄기가 하나로 합쳐져 580미터의 엄청난 높이로 떨어져 내리는 폭포. 그 위용에 탄성을 내지르다가도 숙연해진다. 떨어지는 물줄기는 돌풍을 동반한 물보라로 변해 천지 사방을 적신다. 폭포 소리는 주변의 모든 소리를 삼키고 내 속의 온갖 근심 걱정마저 다 삼켜 버린다. 아서 계곡은 온통 폭포수가 수직 절벽을, 너른 바위 소를 때리는 소리로 가득 찬다. 폭포는 곧은 절벽을 무서운 기색도 없이 떨어진다. 규정할 수 없는 물결이 무엇을 향하여 떨어진다는 의미도 없이 계절과 주야를 가리지 않고 고매한 정신처럼 쉴 사이 없이 떨어진다. 번개와 같이 떨어지는 물방울은 취할 순간조차 마음에 두지 않고 나타(懶惰)와 안정을 뒤집어 놓은 듯이 높이도 폭도 없이 떨어진다. 절로 김수영 시 「폭포」를 두서없이 주절거리게 된다. 주저앉아 넋 놓고 폭포를 바라보다가 사진 찍자고 해서 겨우 일어섰다. 다리가 후들거린다. 해가 저물어간다. 웅장한 서덜랜드 폭포의 배웅 인사를 하산길 내내 들으면서 내려왔다. 마음이 느꺼우면서도 평온하다.

숙소에 도착하니 어둑어둑하다. 기다리고 있던 친구 숙녀를 만났다. 얼싸안았다. 무탈해서 정말 다행이다. 다들 장하다. 오늘 매키넌 패스 8시간에 서덜랜드 폭포 2시간 정도를 추가하면 총 10시간의 강행군이었다. 가장 힘든 코스를 무사히 걸어 낸 기막힌 하루였다. 저녁으로 뭘 먹었는지도 기억나지 않는다. 디저트를 즐길 여유도 없었다. 친구들이 내 몰골을 보고는 먼저 들어가라 한다. 내일 일정 브리핑하는 것도 친구들이 대신 듣기로 하고 숙소로 다리를 끌며 들어왔다. 샤워하고 젖은 옷가지를 대충 빨아서 건조실에 이리저리 널어놓고는 침대에 널브러졌다. 참으로 고단한 하루다. 까무룩 잠들었나 보다. 친구들이 돌아왔다. 정신을 차리고 온몸에 겔파스를 떡칠하고 비타민C를 왕창 먹었다. 내일 일정을 잠시 살피다가 코 고는 소리와 함께 고단한 잠에 든다.

밀포드 트랙 3일 차, 3월 14일 [금]

WATER

9. 여덟째 날 밀포드 끝을 향해

아서 계곡 길

　밤새 비가 내렸나 보다. 롯지 지붕에 떨어지는 빗소리가 요란하다. 긴 처마 끝에 빗물이 후두둑 떨어지는 소리를 들으면서 디귿 자로 꺾인 나무 복도를 따라 식당으로 간다. 오늘 하루도 쉽진 않겠다. 우중 트레킹은 아무래도 긴장된다. 밀포드 트랙 마지막 날. 퀸틴 롯지부터 샌드플라이 포인트까지 21km로 밀포드 트레킹 세 구간 중 가장 긴 코스다. 급경사 없이 완만하게 이어지는 길이라니 그나마 위로가 된다. 많은 이를 눈물 쏟게 했던 드라마 「폭삭 속았수다」에 나온 대사, '살암시민 살아진다(살면 살아진다)'처럼 걸으면 걸어지겠지. 8시를 기점으로 오늘도 완전 군장을 꾸린 전사들이 빗소리를 출정 신호로 여기며 힘찬 발걸음을 내디딘다. 음이온 가득한 온대우림 숲길 속으로 씩씩하게 걸어 들어간다. 밀포드 트랙의 마지막 지점을 향해 간다는 생각이, 평지에 가까운 편안한 길일 거라는 생각이 발걸음을 가볍게 한다. 어제 그 험한 매키넌 패스도 넘어왔는데 오늘은 뭐 비단길이지.

한두 시간쯤 걸었나? 비와 땀에 젖은 몸을 잠시 쉬면서 아서강의 비경 산수화 한 폭을 비켜서서 바라본다. 채색된 산수화 한 점이 눈앞에 걸려 있다. 원경으로 둥그렇고 나지막한 산군이 채도가 다른 무채색으로 그라데이션 되어 겹겹이 뿌옇게 드리워져 있다. 거친 비구름 필촉이 회색 산군에다 가로로 부정형의 필적을 쓰윽 남겨놨다. 근경으로 아서강이 에돌아 흘러 퇴적물이 쌓인 오른쪽 강변, 자갈 모래밭 위로 초록 이끼와 키 작은 잡목들이 저마다의 빛을 발하며 음전하게 자리 잡고 있다. 침식되어 굽어 도는 왼쪽 강변, 짙은 너도밤나무숲이 먹물 섞인 진초록빛을 띠며 묘한 대비를 이룬다. 비가 잠시 그치자, 아서강 표면은 거울처럼 일순 정지되어 회청색 하늘과 온갖 초록 수풀을 온전히 그대로 전사(傳寫)하고 있다. 고요한 정적이 흐르는 산수화 속에 나도 슬쩍 발을 담그고 싶다.

비가 또 쏟아진다. 고사리 나무가 주류를 이루는 정글 숲길이 펼쳐진다. 쿵쾅거리며 흐르는 아서 강가에 굵은 덩굴줄기들이 귀신처럼 검은 머리를 풀어헤치고 서 있다. 온몸이 비에 젖고 땀에 젖었다. 덩굴줄기를 잡고 타잔처럼 고함을 지르며 강물에 풍덩 뛰어들고 싶다. 어라어라, 정신 차리고 그냥 가자. 유속이 빠른 데다 강돌이 내 머리통보다 크다. 쏟아지는 빗물 덕에 길가의 크고 작은 폭포들이 장관을 이룬다. 서늘한 물방울이 이리저리 튀어도 판초 속은 땀범벅이라 김만 모락모락 올라올 뿐이다.

걷다가 보면 멈춰진 시간 속에 자연과 내가 만나는 순간이 있다. 늪도 호수도 보인다. 강물이 흐르다가 자갈이나 모래나 진흙, 잔가지나 사초, 사목들로 막혀 늪이나 호수가 되겠지. 호수에 잠긴 사목은 먼 훗날 화석이 되거나 썩어 흙먼지로 사라질 터. 강은 강대로 늪은 늪대로 호수는 호수대로 다 아름답다. 퍼뜩 임제 선사의 말씀, '수처작주 입처개진(隨處作主 立處皆眞, 가는 곳마다 삶의 주체가 되어라. 그러면 지금 서 있는 곳이 모두 진리이다)'이 떠오른다. 지금 여기서 내가 삶의 주인공이 되어 나만의 서사를 만들어간다면 그 자체가 아름다운 진리가 될 것이다. 걷기 명상 속에서 힘들고 지루하나 아름답기 그지없는 길을 걷고 또 걷는다.

철계단이 아서강에 걸려 있다. 미끄러워 조심조심 건너가다가 장난기가 발동해 발을 세게 굴린다. 뒤따르던 정희 씨가 소리를 지른다. 둘 다 깔깔거리며 웃는다. 일소일소(一笑一少)라 했으니 많이 젊어졌겠다. 비에 뽑혀 쓰러진 거대한 고목이 길을 막고 있다. 어쩌지! 가까이서 보니 톱질이 되어 한 사람 정도는 너끈히 지나갈 수 있는 틈이 있다. 밀포드 트랙을 보존하려는 스카우터의 숨은 노고 덕분에 무사히 지나갈 수 있었다. 무거운 배낭에 젖은 판초와 오버 트라우저까지 입은 나. 허리가 굽은 채, 스틱을 쥐고 사족 보행을 하는 한 마리 작은 짐승이다.

길가 고사리 숲

에도는 길가 둔덕에 거대한 고사리잎들이 비를 맞아 축 처져 있다. 살아있는 잎은 초록빛이고 죽은 잎은 진보랏빛이다. 삶과 죽음의 경계가 색으로 구분되는 현장. 그 아래는 온갖 종류의 이끼들이 모여 화려한 빛깔과 현란한 문양의 양탄자가 되어 깔려 있다. 갈색, 노란색. 연두색, 초록색, 진초록색 등 다양한 빛깔에 뾰족한 솔잎 모양, 보드레한 잔디 모양, 작은 꽃잎 모양 등 참으로 다양한 이끼들, 이쁘다 이뻐. 누가 이끼를 고목이나 바위, 습지에서 자라는 하등 식물이라 했지! 보니 이끼도 꽃만큼 아름답구만. 저들끼리 한데 모여 아름답고 찬란한 꽃밭을 이뤘네. 마음을 내고 온몸으로써 순수 자연을 만날 수 없는 사람들, 그래서 이런 숲의 아름다움을 직관할 수 없는 사람들이 거실에 테라리움을 설치하고 사나 보다. 유리 용기 안을 작은 고사목과 고사리류나 이끼류로 꾸며서 대리 만족이라도 하고 싶어 하나 보다. 푸른 지구별 유리곽 같은 대기권 속에서 밀포드의 아름다운 온대우림 숲으로 꾸민 습한 테라리움 안에 내가 작은 트레커 형상의 인형이 되어 서 있는 게 아닌가!

엄청 걸었다. 열두 시 반이 넘었다. 지친다. 마땅히 점심을 먹을 만한 쉼터가 나오질 않는다. 설마 모르고 지나친 건 아니겠지. 자이언트 폭포 곁에 있는 쉼

터에서 점심을 먹으면 된다고 했는데. 살펴보니 아주 허름한 벤치 몇 개만 놓인 곳이 있다. 아, 여기구나! 배낭을 벗어 던지고 판초를 벗어젖혔다. 나무 벤치에 앉자마자 온몸에 샌드플라이 퇴치제를 뿌렸건만 정희 씨도 나도 손가락이 물린 것 같다. 샌드위치와 물을 꺼내 허겁지겁 먹는다. 지치니 입맛도 없다. 그때 웨카 한 마리가 쓱 나타났다. 근데 이 녀석이 나를 조금도 경계하지 않고 주위를 어슬렁거리기만 한다. 허 나 참, 살짝 기분이 나빠지려 한다. 주위를 맴돌길래 샌드위치 한 쪽을 떼어 주니, 빵과 오이, 양상추는 거들떠보지도 않고 햄과 치즈만 쏙 빼 먹고 도도하게 가버린다. 잡식성이나 육식을 선호한다더니만, 헐. 샌드플라이 떼가 달려들어 더 이상 앉아 있을 수가 없다. 비가 그쳐 판초와 오버트라이저를 벗고 스프레이 퇴치제를 다시 뿌리고는 방충망까지 모자에 덮어쓰고 길을 나선다. 이 구간에 샌드플라이가 오죽 많았으면 도착점 이름이 샌드플라이 포인트가 됐을까! 노출된 부위가 걱정된다. 자이언트 게이트 폭포는 곁눈질로만 보고 간다.

비가 그쳤다. 포세이돈 계곡 위쪽 하늘은 청회색으로 잔뜩 흐리다. 먹구름 틈새로 회백색 빛줄기가 머치슨 산군 깎아지른 암벽 아래로 내리꽂혀 있다. 아무리 흐려도 구름 뒤에는 언제나 햇살이 내리쬠을 입증이라도 하듯이. 산군 정상 우묵한 부분 여기저기서 떨어지는 폭포수의 향연. 하얀 물줄기가 암벽의 불균형한 면을 따라 흰 비단을 풀어 헤쳐 놓은 듯 넘실넘실 흘러내린다. 물보라가 직벽 전체를 뿌옇게 물들인다. 원경은 온통 회색 세상이다. 문예철(文藝哲)에 모두 능한 예술가 이우환은 말했다. 회색은 현실과도 관념과도 어울리기 힘들다. 항상 어중간하여 독특한 가변성과 비실재성을 환기시키는 색이다. 흰색부터 서서히 짙어져 회색이 되어가는 그라데이션은 환상적이며 막연한 추상성을 넘어서 초월적인 색이라 할 수 있다고 했다. 그렇다. 지금 눈앞 머치슨 산군이 펼치는 회색의 향연을 이보다 더 잘 표현할 수 있을까? 천재 작가의 놀라운 표현력에 진심 어린 박수를 보내며, 회색의 아름다움에 푹 빠져든다.

그러나 정작 이 회색의 원경을 더 찬란하고 빛나게 만드는 것은 바로 초록의 근경이 기막힌 대비와 균형을 이루기 때문이 아닐까. 짙은 너도밤나무숲, 거대한 고사리 나무의 넙죽한 진초록 고사리 잎과 온갖 형상으로 눈부신 이끼와 틈을 비집고 위로 뻗어 있는 잡목 덩굴의 초록 조합이 오묘한 조화를 이루며 함께 만들어낸 아름다움이 아니겠나. 회색과 초록의 조화가 이루어낸 밀포드의 비경을 뒷배로 길 위에 상처투성이인 내가 서 있다. 무릎보호대를 하고 스틱을 집고 방수 재킷을 걸치고 샌드플라이 퇴치용 검은 그물망을 모자 위에 뒤집어쓰고는 당당하게 서 있다. 작년 중증 암 환자였던 내가, 앞으로 수년간 면역 주사를 맞아야 하는 내가, 케모포트 심은 오른쪽 가슴과 어깨 부근에 심한 통증을 느끼는 내가, 수십 차례의 방사선 치료 후유증으로 뼈마디와 관절이 약해진 내가 서 있다.

무엇이 나를 여기로 이끌었을까? 아름다운 밀포드의 자연이 나를 살리려고 이리로 이끈 것일까? 인간은 일상을 살아가지만, 끊임없이 비일상적인 욕망을 꿈꾼다. 미지의 세계를 향한 일탈을 욕망하는 힘이 일상을 늘 새롭게 만들고 지탱시켜 준다. 내 몸, 내 두 발로 직접 걸어서 이 기막힌 비경을 보지 못했다면, 어쩌면 나는 일상을 살아도 산 것이 아닌, 살아갈 의미를 잃은 채 살아갈 수도 있었을 거다. 어쩌면 내가 너를 본 것이 아니라, 무의식 속의 네가 나를 불러냈고 내게 보여 내 손을 이끌고 와서는 이 길에 나를 세운 것이다. 그리곤 아바타처럼 너의 생기를 내게 불어넣어 나를 걷게 해 마침내 너를 만나게 한 것이다. 눈물이 한 방울 떨어진다. 땀에 묻혀서 보이지 않는다. 소리 내어 울어도 괜찮다. 폭포 소리가 만만찮으니까.

마침내 샌드플라이 포인트에 도착했다. 비와 습기와 땀과 통증과 젖산에 절은 몸으로 21km를 걸어 냈다. 8시간에서 9시간 정도 걸린 것 같다. 이름을 적고 숙소 키를 받고는 가이드가 건네는 주스 한 잔을 받아 마신다. 혼이 얼추 나가버린 것 같다. 보트를 타고 얼마 안 가니 밀포드 사운드 크루즈 터미널이 나온다. 터미널은 관광객들인지 많은 인파로 북적인다, 순수 자연 속의 밀포드 트레킹이 완전히 끝났음을 증명이라도 하듯. 셔틀버스로 3분 거리에 마지막 롯지인 마이터 피크 롯지로 향한다. 롯지 이름인 마이터 피크(Mitre Peak)는 밀포드 사운드에 위치한 산으로, 그 모양이 가톨릭 주교님 모자를 닮았다고 해서 붙여진 이름이다. 눈앞에 펼쳐진 마이터 피크 산을 보니 작명하는 이의 센스가 느껴진다.

말이 롯지지 거의 호텔 수준의 시설이다. 숙소의 통창 뷰는 마치 파라다이스에 온 듯한 착각이 들게 한다. 연초록 잔디 정원은 판타누스 우틸리스(양배추 야자라 불리는 야자수 같은 상록수), 신서란(뉴질랜드가 원산지로 잎이 길고 뾰족함), 은고사리 등 온갖 열대 정원수로 예쁘게 꾸며져 있다. 너도밤나무숲이 주류를 이룬 볼록한 진초록 산군이 줄줄이 안개와 구름에 싸인 채 병풍처럼 둘러서 있다. 고생 끝에 낙이 온다더니, 마이터 피크 롯지에서 황홀한 경치를 선물 받는다.

행복한 톡하 파티

갈아입을 옷이 들어 있는 빨간색 가방을 받았다. 수감생활 끝낸 자가 갈아입을 사제복을 받는 기분이랄까, 하하. 발 빠른 정은이가 아래층 세탁실에 세탁기가 세 대 있는 걸 확인하고는 얼른 옷을 갈아입으란다. 드디어 문명의 이기인 세탁기를 써서 빨래를 해본다. 젖은 등산화도 건조대에 갖다 놓고 빛의 속도로 짐 정리를 한다. 이까짓 것, 일도 아니다. 밀포드 트랙을 무탈하게 걸어 낸 지금, 내 자존감이 어디까지 뻗어 있는지 모르겠다. 깨끗한 옷으로 갈아입고, 저녁 축하 파티를 하러 식당으로 내려간다. 커다란 둥근 테이블에 모여 앉아 밀포드 트랙을 걸어 낸 이야기, 각자의 트레킹 체험, 살아온 이야기들로 꽃을 피운다. 다들 씻고 일상복으로 갈아입어서 그런지 표정이 밝고 즐겁기만 하다.

양갈비 스테이크와 레드와인. 양갈비 스테이크의 플레이팅을 보고 새삼 놀랐다. 먹음직하게 구워진 갈색빛 스테이크를 뾰족한 세모 형태의 산처럼 꾸며 놨다. 와아! 화룡점정으로 초록 침엽 이파리를 꼭대기에 멋지게 꽂아뒀다. 보는 순간 마이터 피크임을 알아차린다. 스테이크 곁에는 초록의 브로콜리와 빨강, 노랑 파프리카가 마치 정원의 화초처럼 아름답게 데코되어 있다. 보기 좋은 떡이 먹기도 좋다지만 포크 대기가 아까울 지경이다. 사실 양갈비 스테이크는 처음이다. 여행지에서는 가급적 현지 음식을 맛보자는 게 내 지론이라, 늘 새로운 음식에 도전해 본다. 근데 웬걸! 레드와인을 곁들인 양갈비 스테이크는 전혀 양고기 냄새가 나지 않고 부드럽기는 소고기보다 더하면서 굉장히 맛있었다. 놀라운 경험이다. 기분 탓인가! 다들 숙제를 마친 소년 소녀가 되어 먹고 마시면서 웃고 이야기하고 떠들고 또 웃었다. 곤하지만 행복한 밤이다.

밀포드 트랙 4일 차, 3월 15일 [토]

10. 아홉째 날 밀포드 사운드 크루즈

밀포드 사운드

오늘은 밀포드 사운드를 크루즈로 둘러보고 퀸즈타운으로 이동하여 스카이라인 전망대를 투어하는 아주 편안한 관광 코스다. 아침을 먹고 샌드위치를 싸면서도 마음이 느긋하고 평온하다. 인생이 고해라지만 이렇듯 강약이 뒤섞인 삶이라 재미있기도 하다. 물론 작년의 나처럼 예기치 않은 일이 터져 탈이 나기도 하지만. 빨강 가방에서 꺼낸 사제복을 입고 한껏 들떠 크루즈에 오른다. 우림지대라 비는 오늘도 어김없이 내린다. 크루즈선 바닥이 미끄러우니 조심해야겠다.

타고난 지적 호기심 탓인지 오래된 습(쩝)인지는 몰라도 지명이나 사물 이름에 대한 궁금증이 남달리 많다. 이해되지 않으면 머리가 잘 받아들이지 못한다. 밀포드는 웨일즈 지역의 밀포드 헤이븐에서 유래됐다고 한다. 그럼 사운드(sound)는 뭐지? 사운드는 영어로 하구(河口)나 작은 만을 뜻한단다. 괜히 소리와 연관 지으려 했네. 밀포드 사운드 피오르드는 빙하가 만든 가파른 U자 계곡에 바닷물이 들어와 꽤 깊은 수심을 이루는 해협이다. 크루즈선 출발 후 코앞 갯바위에 물개 서너 마리가 바위와 한 몸이 되어 느긋하게 엎드려 자고 있다.

처음엔 바위인 줄 알았다. 너는 네 갈 길 가고 나는 나대로 잔다는 건가! 무심하기 짝이 없다. 다들 크루즈 뱃전에 올라와 거센 해풍과 함께 솟구치는 하얀 물거품과 굵은 빗방울을 온몸으로 기꺼이 맞는다. 환호하며 해무가 짙은 밀포드 사운드의 몽환적인 전경을 즐긴다. 머리카락과 옷이 다 젖어도 깔깔거리며 즐거워한다. 행복감이 눈앞의 물거품처럼 밀려온다.

레이디 보웬과 스털링 폭포

비가 내리니 지금 밀포드 사운드 해협에는 크고 작은 폭포가 헤아릴 수 없을 정도로 많다. 이 중에는 대표적인 두 개의 영구폭포로 레이디 보웬 폭포와 스털링 폭포가 있다. 거대하고 장엄한 레이디 보웬 폭포의 물줄기가 짙푸른 밀포드 사운드 해안을 하얗게 새하얗게 물들이고 있다. 레이디 보웬 폭포는 밀포드 사운드에서 가장 큰 폭포라 그 웅장함과 아름다움은 다른 것과는 비교 불가로 군계일학이다. 거대한 은백색 비룡이 대가리를 쳐들고 힘찬 날갯짓으로 직벽을 거슬러 구름을 뚫고 창공을 향해 날아오르는 형상이다. 너무 멋지다. 눈앞의 비룡을 향해 모두 탄성을 지르며 격한 박수를 보낼 뿐이다. 총독 부인의 이름을 땄다는데, 동서고금을 막론하고 인간은 어쨌든 후세에 이름을 남기고 싶은가 보다. 스털링 폭포에서는 크루즈선이 가까이 다가가 폭포수를 맞는 이벤트를 한다. 다들 비명에 가까운 탄성을 지르며 신나게 물을 맞는다. 이미 빗물에, 비안개에, 물보라에 젖은 상태라 기꺼이 마음 편히 물보라를 맞으며 즐거워한다.

피오르드랜드를 돌아 원점으로 회귀하는데 2시간 정도 소요됐다. 밀포드 사운드에서 시각과 청각이 주는 인상은 해마에 남아 오래도록 기억될 것 같다. 시각, 내가 봄으로써 내게 보이는 것은 즉물적인 인상으로 남는다. 시퍼런 바닷물, 진초록 숲으로 뒤덮인 흑회색 직벽의 피오르드, 하얗게 부서져 내리는 폭포수, 물보라가 만든 무지개, 우리가 탄 크루즈선 등이다. 특히 청각, 밀포드 사운드의 자연이 전하는 소리는 심신을 일깨우는 에너지로 비축된다. 청각은 오감 중에 인간이 마지막까지 간직하는 감각으로 정신세계와 깊이 연관되어 있다. 빗소리, 비안개 속 폭포수 소리, 크루즈선 모터 소리, 뱃전에 부서지는 파도 소리, 바닷바람 소리, 소란스러운 발소리, 사람들 탄성과 웃음소리 등. 어쩌면 청각, 소리는 끊임없이 비본질적인 것을 덜어내고 털어내기를 거듭해서 결국은 풍경의 고유한 본질로 남아 오래도록 소중한 기억으로 저장되는 감각인가 보다.

선착장은 관광객으로 발 디딜 틈이 없다. 대부분의 관광객은 밀포드 트레킹은 하지 않고 관광버스로 여기에 와서 밀포드 사운드만 크루즈로 둘러보고 가나 보다. 차림새부터가 다르다. 밀포드 트레킹을 해냈다는 은근한 자부심이 어깨를 솟게 만든다. 남이 알아주지 않아도 내가 나를 알아주면 되는 거다. UH 센터 차량으로 퀸스타운까지 3시간 30분 정도 제법 길게 간다. 빨간 가방에 목베개, 등받이, 발걸이를 미리 챙겨둬서 나름 유용하게 쓰고 있다. 이럴 때 보면 나란 인간은 호모 파베르(도구를 사용하는 인간)임이 분명하다. 도구를 적절히 활용해야 남들만큼 갈 수 있다. 신체가 약하다고 인정하면 마음이 편해지면서 보완책을 마련하게 된다.

퀸즈타운 스카이라인 전망대

콥손 호텔로 가서 며칠 전 맡겼던 캐리어를 찾았다. 열어 보니 걱정했던 것만큼 상태가 심각하진 않다. 꿉꿉한 빨래를 꺼내서 시원한 바람을 쐬어 준다. 체크인 후 걸어서 케이블카 타는 곳까지 이동하면서 퀸즈타운 거리를 찬찬히 해찰한다. 조그맣고 아담한 도시지만 레저 스포츠의 천국이라 한다. 팔짱을 끼고 느긋하게 걷는 여유를 맛본다. 스카이라인 전망대는 그리 높지는 않다. 하지만 리마커블스 산군을 병풍처럼 두르고 에메랄드빛 와카티푸 호수를 정원으로 들인 퀸즈타운의 전경을 한눈에 내려다볼 수 있어서 참 좋았다.

레스토랑에서 모처럼 저녁 식사를 편안하고 느긋하게 한다. 뷔페에서 여러 가지 맛난 종류의 음식을 먹은 건 기억나지 않고 화이트와인에 초록 홍합을 왕창 까먹었던 기억만은 남아있다. 고동 소라 가재 새우 꽃게 등 껍질을 까서 먹는 거라면 종류 불문하고 좋아해서 내 별명은 자타 공인인 게순이다. 뷔페에 가면 늘 내 앞엔 갑각류 껍질이 작은 탑을 이루곤 한다, 하하. 기념품점을 둘러보니 손녀 민주 선물밖에 생각나지 않는다. 숙녀와 나는 망설임 없이 아기 키위 그림책이랑 세트로 파는 아기 키위 인형을 흔쾌히 샀다. 우리 둘은 신상 어번 그레이(손자 손녀를 위해 과감히 지갑을 여는 도시 할매)다. 정은이는 손자 손녀가 이미 초등학생이고, 정희 씨는 곧 할머니가 될 예정이다.

민등까기 놀이

호텔로 천천히 걸어서 이동하는데. 미국 부부들이 뒤이어 왔다. 장난기가 발동한 숙녀가 미국 부부팀에게 다가가 민증까기, 일명 호구조사 놀이를 시작한다. 그쪽 바깥 선생님은 연세가? 그럼 내 친구랑 동갑이네. 사모님은 연세가? 어허, 우리보다 어리네. 나이로 상대를 누르고 싶을 때는 한 살 많게 된 내 민증이 힘을 발휘한다, 컥컥컥. 게다가 굳이 말하지 않아도 될 정보까지 쏟아내며 상대를 제압한다. 그쪽들이 부른 별명, 나는 뭐 괜찮은데 친구가 몹시 불쾌하게 여긴다. 나도 슬쩍 거든다. 당신들 우리 잘 알아요? 그 별명이 무슨 뜻인지 알아요? 뭣도 모르면서 까분다는 뉘앙스로 일침을 가했다. 그들은 우리 나이가 의외로 많음에 놀라며 얼떨결에 실례했다고 사과한다. 갑자기 길에서 준비 없이 한국 아지매들한테 말로 봉변을 당한 거다. 호텔로 돌아와 밤에 복도에 마주친 미국 국적의 남편분, 구 선생님 안녕히 주무세요, 공손히 두 손 모아 폴더인사를 하며 지나간다. 푸하하하.

제9일, 3월 16일 [일]

11. 열째 날 남섬에서 북섬으로

오늘은 타다가 볼일 다 보는 날이다. 남섬 끝에서 북섬 통가리로 국립공원까지 이동해야 한다. 퀸스타운 공항으로 이동하여 거의 2시간가량 비행한 후 오클랜드 공항에 도착했다. 은발의 멋쟁이 가이드와 미팅한 후 버스로 통가리로 국립공원까지 다시 이동한다. 5시간 이상을 달려야 한단다. 뚜벅이인 내게는 장거리 길 걷기보다 장거리 비행과 버스 타기가 더 고역이다. 좋아하는 일 하나를 위해선 아홉 가지 힘든 일을 감내해야 한다. 가장 편안한 복장으로 온갖 장비를 다 꺼내어 불편함을 조금이라도 덜어가며 가는 수밖에 없다.

자다 깨다 반복하다 보니 어느덧 목적지 근처다. 다 왔나 보다. 다들 정신이 없다. 버스에서 내릴 때, 숙녀가 날 웃겨 준다. 목베개를 목에 두르고는, 어, 목베개가 안 보인다면서 차로 급히 올라가 찾는다. 네 목에 두른 건 뭐지? 하고 크게 웃었다. 너나 할 것 없이 잊음이 잦아 수시로 뭘 찾아댄다. 숙소에 들어가서는 가관이다, 다들. 어, 어디 있더라? 물건 찾기는 이제 우리 6학년 5반의 일상적인 놀이가 되어버렸다. 함께 나이 들어가는 친구가 있어서 좋다, 하하하.

　오토로항가 키위 하우스를 들렀다. 길 위에선 더 이상 뉴질랜드 국조인 키위새를 볼 수가 없다. 키위새는 전시실에 빛바랜 채 박제되어 그 모습을 보일 뿐이다. 슬픈 키위새의 운명! 몸통은 동그랗고 진한 갈색 잔털 같은 깃털로 덮여 있다. 작은 머리통에 부리는 길고 뾰족한 핀셋 모양이다. 키위는 왜 멸종 위기에 처했을까? 두 가지 원인에서란다. 하나는 애초에 뉴질랜드에 새들의 천적이 없자 굳이 창공으로 날아오를 필요가 없었다. 자연히 날개는 퇴화하여 날지 못하는 새가 되었다. 그러다가 식민 시절 이주민이 데려온 천적인 고양이나 쥐 등에 의해 멸종 위기에 처하게 된 것이다. 또 다른 원인으로는 원래 큰 몸집이던 키위가 몸통은 작게 진화됐는데 알은 조화를 이루지 못하고 여전히 커서 알을 낳다가 죽는 암컷이 많다고 한다. 그 알도 1년에 한 개밖에 생산하지 못하니 결국은 퇴화하기 마련이다. 그나마 국가 차원에서 보호하고 있어서 멸종 위기는 면하고 있다고 한다.

　초라하게 박제된 키위새의 슬픈 역사가 우리의 삶을 돌아보게 한다. 삶에서 불안이나 위기나 공포와 같은 부정적인 요소도 삶의 동력이 됨을 깨닫는다. 그리고 변화도 조화를 이루지 못하면 변하지 않음만 못한 결과를 초래할 수 있음도 함께 깨우친다. 아울러 우리나라의 현실, 출산율의 급격한 감소로 아이 수는 줄고 의료 기술의 발전으로 노인 수는 급격히 늘어나는 부조화한 현실에 대한 경각심이 일어서 혼자 심란해진다. 어정쩡하게 진화하여 멸종 위기에 놓인 키위새에 대한 안타까운 마음을 키위가 그려진 티와 키위 인형과 그림책을 사는 것으로만 달래볼 뿐이다.

트레킹 코스 변경

더 파크 호텔 레스토랑에서 양갈비 스테이크가 저녁 메뉴다. 오늘 하루 종일 올라오느라 고생했고, 또 내일 힘든 트레킹을 해야 하니 잘 먹으라는 뜻인가 보다. 소스를 뿌린 양갈비 스테이크를 세 대씩이나 샐러드랑 함께 플레이팅 해 놨다. 비주얼로 압도당한다. 양으로 이미 기가 죽어 전의를 상실해 먹다가 말았다. 작은 위가 감당하기엔 너무 양이 많다. 아무리 맛있는 거라도 양이 많으면 식욕이 확 준다. 무엇이든 과유불급이다.

식사 후 가이드가 실시간 일기예보를 경청한 후 진지하게 내일 일정 변경을 알린다. 내일은 강풍과 폭우로 통가리로 국립공원 입산이 통제되어 트레킹 일정이 다른 대체 코스로 변경된다고 했다. 입산 통제 확률이 50%라더니, 쩝! 어떤 이는 탄식하며 이번 트레킹에서 가장 기대했던 코스가 취소됐다며 실망했다. 많이 기대하고 있어서 섭섭하지만 어쩔 수 없다. 자연이 허락하지 않는데 무슨 수가 있나! 통가리로 국립공원은 날씨가 급변하는 화산지대로, 나무와 풀이 거의 없는 황량한 지형이다. 강풍과 폭우를 막아줄 지형지물이 없다 보니 굉장히 위험하단다. 바로 마음을 내려놨다. 그 어떤 것도 안전보다 우선시될 순 없다. 말은 꺼내지 않았지만, 실은 현재 내 몸 상태로 봐서는 오히려 다행이다 싶었다.

3월 17일 [월]

12. 열한 째 날 통가리로 대체 코스 트레킹

통가리로 타마 호수 트레킹

밤새 비가 내렸는지 길은 젖었고 안개만 자욱한 아침이다. 통가리로 알파인 크로싱에 대한 아쉬움은 간밤에 이미 다 내려놨다. 통가리로 타마 호수 트레킹은 왕복 대여섯 시간 정도 소요되는 쉬운 코스라고 가이드가 거듭 강조한다. 궂은 날씨로 인해 코스가 변경된 데에 대한 트레커의 불안을 낮추고자 함인 듯하다. 와카파파 빌리지 주차장에 내려서 앞서거니 뒤서거니 하면서 선선히 타마 호수를 향해 걸어 오르기 시작한다. 초입, 허허벌판 사이로 난 좁다란 자갈길을 길동무 넷이 한 줄이 되어 걷는다. 시작은 언제나 설렘과 기대로 몸은 절로 가볍다. 안개 속에 시야가 아스라하다.

파스텔톤의 연보라 히스꽃 무리(구글 AI에게 물어보니 「폭풍의 언덕」 주인공 히스클리프 이름을 땄다고 한다)가 척박한 화산 길을 참 곱게도 꾸미고 있다. 내 눈에는 싸리꽃을 닮았는데, 잘 모르겠다. 자, 지금부터 네 이름은 정희 꽃이다. 그 아래 키 작은 노란 양지꽃 닮은 무리, 너는 숙녀 꽃. 그 너머 안개꽃 같은 설멍한 흰 꽃 무리는 정은이 꽃, 진보라 꼬리풀같이 생긴 꽃 무리는 마, 미야꽃이라 부른다. 괜히 기분이 좋아진다. 꽃이라 부르면 절로 꽃이 되어 향기마저 나는 건가! 은근슬쩍 내뱉는 말의 힘이 꽤 세다. 키득거리며 건들건들 즐거이 걷는다.

화산 지대 풍경

화산 지대 황무지에 펼쳐진 풍경. 붉은 화산석 돌덩이와 연노랑 빛깔로 넓게 덮인 이끼가, 누렇게 시든 사초들 사이에 파인애플잎처럼 뾰족한 푸른 잎들이 조화를 이루며 아름다운 화원으로 화해 있다. 앞에 본 꽃길 못지않게 여긴 또 왜 이리 아름답지! 토끼 굴에 빠져들어 간 앨리스가 본 풍경처럼 자연의 오브제가 부조화 속에서 조화를 이루는 신비로운 현장. 무생물이 생물로, 잎이 꽃으로 화하는 마법의 현장에 나도 모르게 빠져든다. 신이 만든 정원을 엿보며 걷는 기분이란 참!

안개 너머로 개울 물소리가 돌돌돌 들려온다. 작은 개울, 징검다리가 따로 없다. 조심조심 건넌다. 언덕길이 안개 속이라 한 치 앞이 분간되지 않는다. 느낌이 싸하다. 길을 잘못 들었나 보다. 많이 놀라지 않는다. 우리 앞에 놓인 길은 언제나 예측 불가인지라 가다가 한 번씩 도로 아미타불이 되기도 한다. 이럴 땐 찬찬히 주변을 둘러보거나 길눈 밝은 길동무의 도움을 받으면 된다. 곧 길 표시를 발견하고 제대로 된 길을 찾아낸다. 혼자가 아니라 함께여서 정말 다행이다.

짙은 안개가 계속 쌓이더니 비가 되어 내린다. 판초를 걸치고 비와 땀에 절어서, 보이지 않는 타마 호수를 향해 헉헉거리며 오른다. 땀을 많이 흘리면 오줌도 마렵지 않다. 바위에 걸터앉아 물을 마시고 잠시 쉰다. 몸이 식으니 별안간 오줌이 마렵다. 길에서 조금 떨어진 곳으로 가 판초를 쓴 채 볼일을 볼까 궁리했다. 근데 뜬금없이 안개 속에 허름한 간이 화장실 하나가 덩그러니 서 있는 게 아닌가. 다행이다. 숨을 참으면서 급한 불을 끈다. 좀 불편하나 급한 생리 현상을 해결해 준 설치물이 거친 산길 위에 있다니, 그냥 반갑고 감사하다.

블루 사파이어빛 타마 호수

목적지인 하부 타마 호수 있는 데까지 다 왔다고 한다. 근데 타마 호수가 보이지 않는다. 짙은 안개가 호수를 꿀꺽 삼킨 모양이다. 강풍마저 불어와 시커먼 비구름이 잔뜩 끼여 한 치 앞도 보이지 않는다. 대체 타마 호수는 어디 있지?

온통 회색지대다. 미친 바람이 또 확 불어닥친다. 찰나에 거짓말처럼 먹구름과 짙은 안개가 훅 걷히더니 언덕 저 아래쪽에 두둥, 블루 사파이어빛 타마 호수가 그 모습을 짜장 드러낸다. 통가리로산과 나우루호에산 사이에서 화산 폭

발로 생긴 분화구에 물이 차서 생성된 타마 호수. 호수까지는 경사가 급해 내려갈 수가 없다. 부감으로 호수를 지긋이 내려다볼 뿐이다. 바람이 너무 세차서 온몸이 휘청거리고 판초가 미친 듯 펄럭인다. 제대로 서 있기조차 힘들다.

언덕바지 홈이 패인 진창 구덩이에 몸을 잠시 숨긴다. 허기가 밀려온다. 깔개를 깔아도 몰골이 딱 진흙에 뒹군 개꼴이다. 그 와중에 물과 점심으로 싸 온 샌드위치를 꺼내 먹는 모습은 산 거지가 따로 없다. 서로 쳐다보며 피식 웃었다. 반도 채 못 먹었다. 입맛도 여유가 있을 때 생긴다. 날씨가 얄궂다. 비는 쏟아지고 미친 바람은 계속 불고 안개는 더욱 짙어가고. 가이드가 날씨 악화로 상부 타마 호수까지는 갈 수 없으니, 여기서 하산해야겠다고 한다. 가지 않은 길에 대한 미련 따위는 이런 상황에선 사치다. 한치의 미련도 없이 발길을 돌려 하산한다. 비안개가 스며든 판초 안의 배낭과 몸은 습기로 한 짐이다. 그래, 가보자. 내려가 보자. 스틱으로 진흙땅을 꾸욱 짚고 일어나서 뒤돌아보지 않고 휑하니 내려간다.

타라나키 폭포

하산길은 그야말로 오리무중(五里霧中)이다. 빗물인지 안개인지 땀방울인지 뒤범벅이 되어 온몸이 축축하다. 그나마 길이 외길이라 앞 사람의 희미한 뒤태만 놓치지 않고 무심히 따라가면 된다. 타라나키 폭포로 향하는 길의 초입은 주변이 탁 트인 황무지 벌판이라 그런대로 힘들이지 않고 내려간다. 그러나 타라나키 폭포가 점점 가까워지니 숲은 열대우림처럼 짙고 깊게 변해 가고 급경사 돌계단 길에선 소나기마저 퍼붓기 시작한다. 빗물 칠갑인 부정형의 돌길은 미끄러워 위험하기 짝이 없다. 다리가 후덜덜 떨린다. 길폭은 좁아지는데 주변 수풀은 더 무성해져 시야를 가린다.

밑에서 우산도 없이 아기를 겉옷으로 감싸고 올라오는 젊은 외국인 부부가 있다. 비 올 때 그냥 맞고 다니는 게 습관인가? 그래도 그렇지, 갓난아기를 저리 준비도 없이 위험한 데까지 안고 올라왔나 싶어, 할미 마음으로 안쓰럽다. 그래도 젊은 부부의 표정은 무척 밝고 생기가 넘친다. 아기를 안고서라도 날것 그대로 아름다운 자연의 품에 안기고 싶은 열망에서 비롯된 걸 거야. 아기의 DNA 속에도 젊은 부모의 강렬한 자연 친화력이 내재해 있겠지. 오지랖 떨지 말고 부실한 나나 조심해서 잘 내려가자. 우렁찬 폭포 물소리가 점점 더 가까워진다.

   수직으로 가멸차게 떨어지는 폭포수. 타라나키 폭포가 그 웅장한 모습을 드러낸다. 엄청난 수량을 쏟아부으며 하얗게 새하얗게 무서운 속도로, 일말의 망설임도 없이 떨어지는 폭포. 타라나키 폭포를 바라보는 순간, 지금까지의 고통이나 불안이 싹 가시며 속이 탁 트이고 온몸이 짜릿해 온다. 바로 이 맛에 걷는다, 뚜벅이는. 언제부턴가 폭포(瀑布)라는 낱말 뜻을 좋아하게 됐다. 온몸을 주저 없이 던져서 하얀 물거품이나 진주처럼 영롱한 물방울로 주변을 널리 적신다는 의미를 내포하고 있는 폭포, 지금 눈앞에서 이름값을 오지게 하고 있다.

   용암이 흘러내려 패인 지형이 폭포가 흐르는 긴 물길이 되었나? 우르릉 쾅쾅 우르릉 쿵쾅쿵쾅거리며 흘러가는 타라나키 폭포수. 신비한 밀키 블루빛을

띠며 하얗게 부서지는 물거품과 함께 엄청난 속도로 좁은 폭을 빠르게 흘러가는 타라나키 폭포수 앞에서 황홀경을 맛본다. 저 거센 물살에 휩쓸리면 내 형체는 흔적도 없이 사라지고 미련만 한낱 밀키 블루한 물빛 한 점으로 남겠지. 은발의 가이드가 말했다. 자기는 타라나키의 밀키 블루한 폭포가 강폭을 따라 장엄하게 흐르는 광경에 완전히 매료되어 지금까지 뉴질랜드에 잡혀 살게 되었다고. 그의 말이 진심임을 알겠다. 보아야 알게 되고 보아야 사랑하게 된다. 비가 더 거세게 내리는 하산길을 안개에 휩싸여 내려왔다. 와카파파 빌리지가 보인다. 휴, 살았다.

물 반, 땀 반이 된 판초와 배낭과 몸을 대충 털고는 버스에 오른다. 차 안에서 인원 체크를 하는데 숙녀가 안 보인다. 헐! 아직 못 내려왔나 보다. 마지막 구간에서 나랑 정희 씨랑 한 조로 먼저 내려오고, 뒤에 처진 숙녀를 배려해 정은이가 함께 내려오기로 했다. 거의 다 내려와서, 숙녀가 길도 외길이고 얼마 남지도 않았으니 먼저 내려가라고 했단다. 정은이도 흔쾌히 그러겠다고 하고 먼저 내려온 거란다. 외길이라도 비가 내리고 안개가 자욱한 데다 지친 상태면 목표 지형물을 잘 못 찾고 방향 감각을 잃을 수 있다. 목적지 바로 곁에서 길을 잃은 경험이 있는지라 걱정이 되어 안절부절 어쩔 줄 몰랐다. 가이드가 찾으러 곧바로 길을 나서는 것 같다. 다행히 만나서 같이 왔다. 휴우, 정말 다행이다. 고생했다, 친구야.

　마지막 목적지인 로토루아를 향해 2시간 정도 차로 이동한다. 숙소 근처에 있는 몽골리안 비비큐 레스토랑인 겐기스(징기스의 영어식 발음) 몽골 레스토랑에서 오늘의 노독과 허기를 달랜다. 뷔페식으로 진열된 수많은 재료 중 각자의 취향으로 면과 야채와 고기를 고른다. 접시에 담아서 커다란 불판 앞으로 가져가면, 청년 세프들이 순서대로 받아 기름을 두르고 달달달 볶아준다. 뜨거운 화력 앞에 땀을 흘리며 요리에 전념하는 젊은 세프의 손맛과 정성으로 하얀 김을 내뿜으며 맛있게 익어가는 화덕 철판 볶음면 요리. 이 광경 자체가 하나의 화려한 쇼가 된다. 볶음면 요리는 허기에 정성과 불맛이 더해져 맛이 없을 수가 없다. 오늘 하루 궂은 날씨 속에서도 다들 무사히 트레킹을 마친 일을 감사하며 냉수 한 잔을 짠 부딪치며 자축한다. 수디마 호텔 까실한 이불 속에서 비안개 속의 오묘한 블루 사파이어빛 타마 호수와 장엄한 밀키 블루 빛의 타라나키 폭포수를 되새겨 보다가 깊이 잠에 빠져들었다.

3월 18일 [화]

13. 열둘째 날 로토루아 호수와 레드우드 수목원

마우이와 쿠페 조각상

오늘이 뉴질랜드에서의 마지막 여정이다. 로토루아 레드우드 수목원을 산책하는 일정이라 몸도 마음도 다 느긋하고 편안하다. 폰과 지갑만 챙겨 가벼운 복장으로 수디마 호텔을 나선다. 호텔 정문 양 코너에 마우이와 쿠페 조각상이 떡하니 서 있다. 마우이는 폴리네시안 신화 속에 등장하는 영웅으로 커다란 물고기를 낚아 올렸는데 그게 바로 뉴질랜드 북섬이 되었다고 한다. 얼굴에 마우이족 특유의 문신을 하고 가랑이 사이로 커다란 물고기를 잡아채는 형상을 하고 있다. 쿠페는 폴리네시안 최초로 뉴질랜드를 발견한 인간으로 역시 얼굴 문신을 했으며 노를 두 손으로 꽉 움켜쥐고 있다.

칼 융이 신화는 인간의 집단 무의식을 반영한다고 했다. 세대를 거쳐 전해지며 인간이 겪는 공통된 경험과 감정을 상징적으로 표현한 것이 신화라면, 어느 집단이든 신화를 만들어내려는 원초적인 욕망이 있기 마련이다. 인간은 누구나 그냥 떠다니는 운석 조각으로 살다가 티끌처럼 흔적 없이 사라지고 싶진 않다. 신의 뒷배로 당신이 내려준 든든한 밧줄을 붙잡고는 하나의 스토리텔링으로 묶인, 의미 있는 집단이 되고 싶다. 집단의 보편적이고 무의식적인 욕망이

각 민족의 고유한 신화를 탄생시킨다. 우리나라에 홍익인간(弘益人間)이라는 건국 이념을 내세운 단군신화가 있듯, 뉴질랜드에는 폴리네시안의 마우이 신화가 있다. 보통 사람들에게는 전승되는 신화보다는 눈에 보이는 조각상 하나가 더 구체적이고 확실한 믿음을 준다, 호텔 수문장이 된 마우이와 쿠페 조각상처럼.

로토루아 호수의 블랙스완

수디마 호텔 바로 앞이 로토루아 호수다. 처음엔 바단 줄 알았다. 로토루아는 세계에서 가장 활발한 화산 지열 지대 중 하나란다. 아니나 다를까, 호수 가장자리, 군데군데 작은 돌무더기 간헐천 사이로 뜨거운 증기가 뿌옇게 뿜어져 나오며 특유의 구리텁텁한 유황 냄새가 아침 대기 속에 뒤섞여 있다. 북섬은 여

전히 활화산으로 땅속이 뜨거운 곳임을 바로 느낀다. 호숫가 데크길을 천천히 산책하다가 물 위에 떠 있는 검은 생물체를 발견한다. 헉, 블랙스완이다. 지금껏 본 거라곤 백조가 단데. 근데 이곳에서 짙은 흑갈색 깃털을 가진 귀한 블랙스완을 보다니! 영화 「블랙스완」이 퍼뜩 떠오른다. 발레에 대한 병적인 완벽을 추구하다가 끝내 자멸하고 마는 한 발레리나의 비극적인 운명을 나탈리 포트만이 소름 돋는 연기로 표현한 영화. 하지만 지금 내 눈앞의 블랙스완은 화산섬 자연환경에 적응한 보호색을 띠고 유유히 호수를 유영하며 먹이활동을 하는 한 마리 자유로운 생명체일 뿐이다. 지금 있는 그대로 충분히 우아하면서도 아름다운 블랙스완으로 말이다.

레드우드 수목원

    약 10분 정도 버스로 이동하여 레드우드 수목원에 도착한다. 드넓은 레드우드 수목원에 뉴질랜드 고유 수종과 외래 수종들이 어울려 울창한 숲을 이루고 있다. 하늘 향해 미친 듯이 솟아 있는 레드우드(메타세쿼이아) 숲. 이차세계대전 때 전사한 뉴질랜드 병사를 기리기 위해 캘리포니아산 레드우드를 심은 것이 시초라는데, 오클랜드의 온화한 기후 덕에 원산지에서보다 훨씬 더 빠르게 성장하고 있단다. 가히 영화 「쥬라기 공원」, 「아바타」 촬영지가 될 만하다.

캐노피 타는 앨리스

산책 전에 30분 정도 자유 시간이 있다길래 바로 레드우드 수목원 트리워크 (캐노피)를 타러 가기로 한다. 일 인당 성인은 35달러, 흔쾌히 지불한다. 수십 년 세월을 거슬러 올라 어린 시절로 돌아가게 만드는 기적을 맛보는 데에, 35달러쯤이야. 거대한 레드우드 숲의 허공에 설치된 거대한 캐노피를 타면서 걷는다. 울렁대는 캐노피를 양손으로 꽉 붙잡고 더 신나게 구르며 간다. 뒤따라오던 친구, 비명인지 신명인지 '으윽 으윽, 우아 우아아' 소리치며 온몸을 오그리

며 따라온다. 캐노피를 타는 환한 미소의 마우이족 소녀처럼 육십 대 중반의
어번 그레이(도시 할매)가 점점 풋풋한 소녀가 되어 풀쩍거리며 신명 나게 캐
노피를 타고 있다. 캐노피에서 내려다본 세상, 메타세쿼이아 붉은 기둥은 크리
스마스트리가 되고 사이사이 은고사리는 트리 장식물이, 캐노피를 걷거나 뛰
는 이들은 꼬마전구가 되어 수목원 전체가 거대한 크리스마스트리로 화해 있
다. 순간 나는 이상한 나라에서 꼬마로 변신한 앨리스가 되어 캐노피 위에서
신나게 파도를 탄다.

　내려오니 몸이 다시 점점 커져 본래대로 된다, 하하. 선선히 수목원 숲길을 걸어간다. 피톤치드로 산림욕을 실컷 한다. 폐 양쪽이 신선한 산소로 가득 채워진다. 발걸음도 가볍게 가이드가 알려준 신기한 기적의 현장을 보러 간다. 쓰러져 땅에 가로로 누운 메타세쿼이아 한 그루에서 가늘지만 일곱 그루나 되는 나무들이 세로로 뻗어 올라 하늘 향해 자라고 있는 놀라운 현장을 목격한다. 기가 막힌다. 끈질긴 나무의 생명력에 놀라서 새된 탄성을 지를 뿐이다. 저 새로 태어난 나무처럼 나도 쓰러진 나무에 촉수를 꽂아 다시 건강을 회복해서 남은 생을 활발하게 이어갈 수 있으면 좋으련만. 신선한 충격이다. 일렁이던 부러움을 겨우 달래고는 다시 숲길을 천천히 걸어 내려간다.

자이언트 레드우드의 거대한 둥치를 전시해 났다. 나무 지름이 엄청나다. 족히 삼사 미터는 되어 보인다. 옆에 붙어 서니 딱 거인국의 걸리버 아니 네버랜드의 팅커벨이 된다. 레드우드에 붙은 한 마리 개미가 되어 놀라워하면서 한 컷 한다. 압도적인 위용을 자랑하는 레드우드 숲에서 키를 운운한다는 건 웃기는 일이다. 그저 거대하고 짙은 레드우드 숲을 겸손한 발걸음으로 우러르며 걸으면 된다. 레드우드처럼 큰 키는 이미 물 건너갔고 속이나마 깊고 단단해졌으면 좋겠다. 산림욕을 실컷 해선지 눈맛이 시원해선지 괜히 몸과 마음이 다 가벼워진 느낌이다.

희귀한 타카헤

가이드랑 내려오는 샛길에서 뜻밖에도 희귀한 타카헤를 봤다. 경이로워 숨이 멎을 것 같다. 녀석은 주변을 경계하며 종종걸음으로 이쪽 숲에서 저쪽 숲으로 길을 가로질러 휙 달아난다. 화려한 주황빛 부리에 몸통은 전체적으로는 흑청색이고 가운데는 명도를 달리하는 청록빛의 깃털이 빛나는 매혹적

인 녀석이다. 때깔로 완전히 눈을 사로잡는다. 화려하나 날지 못하는 새, 타카헤. 찰나여서 사진 찍을 틈도, 친구를 부를 틈도 없었다. 가이드가 희귀종이라 자기도 직접 본 건 처음이라 한다. 기적 같은 행운으로 타카헤를 볼 수 있어서 행복하다. 타카헤의 눈부시고 반짝이던, 찰나의 맵시를 기억 속에 영원히 저장해 두고 싶다. 레드우드 수목원에서 눈이 많이 행복해지는 순간이다.

마우이독 여인의 문신

수목원 근처, 부글부글 끓고 있는 지열 온천 변에 앙상한 마누카 나무가 자라고 있다. 뜨거울 텐데 온천의 열기를 군말 없이 견뎌낸다. 마누카꿀이 항균, 항염, 항산화 효과가 뛰어나다고 가이드가 설명한다. 단 걸 썩 좋아하지 않아서 선물 받은 마누카꿀 병이 우리 집 수납장 한쪽 구석에서 바래가고 있던 게 문득 생각난다. 돌아가면 애용해야지. 마우이족 나이 든 여인이 뜨거운 온천수에 삼대 비슷한 말린 잎을 물에 불리는 작업을 하고 있다. 그녀가 관광객들에게 자기 문신을 안 좋게 보지 말아 달라고 부탁한다. 마우이족 문신은 단순히 몸을 장식하는 것이 아니라, 부족의 정체성, 지위, 혈통, 업적 등을 상징하는 의미를 지닌다고 한다. 나무의 나이테처럼 각 개인의 삶과 부족의 역사를 하나하나 꼼꼼히 기록한 문신, 그들에겐 자기 생을 솔직하고 떳떳하게 증명하는 기록인 셈이다. 죽을 때까지 잊어버리거나 잃어버릴 염려는 절대 없겠다.

오클랜드에서 마지막 만찬

로토루아 명물 스카이라인 전망대에서 뷔페식으로 점심을 먹었다. 초록 홍합을 왕창 까먹은 장면만 선명하게 기억한다. 오클랜드로 4시간 동안 비몽사몽 이동했다. 오클랜드 시내 중심가에 내리니 지금껏 보지 못한 화려한 도시의 분위기가 확 느껴진다. 뉴질랜드 인구 중 30%인 157만 명이 거주하는 뉴질랜드 최대 도시다. 북섬 북단에 위치하며 과거 뉴질랜드 수도였고 지금도 여전히 상업과 경제의 중심지로 실질적인 수도로 기능한다. 우리나라 서울을 서울공화국이라 일컫듯, 거대도시인 오클랜드가 곧 뉴질랜드 그 자체라 하기도 한단다.

내일이면 뉴질랜드를 떠난다. 저녁 만찬으로. 처음으로 한식당에서 한식 메뉴를 접한다. 된장찌개, 제육볶음, 잡채, 김치 등. 음료와 술은 어제 늦게 도착해서 심려를 끼쳤다고 숙녀가 통 크게 한턱냈다. 모두 기뻐하며 즐겁게 맛있게 뉴질랜드에서의 마지막 만찬을 즐긴다. 이 와중에 모친상을 당해 밤에 바로 한국으로 급히 귀국한 이도 있었다. 삶과 죽음의 경계가 한순간이며 미약한 우리 힘으로 결정할 수 있는 영역이 아님을 새삼 깨닫는다.

장거리 여행을 즐겁게 마무리하기 위한 첫째 조건이 떠난 이는 무사히 귀환하고 남아있는 이는 무탈하게 일상을 유지하고 있는 것이리라. 어쩌면 이게 사랑하는 이들이 서로에게 주는 가장 큰 선물이 아닐까. 두고 온 이가 고마우면서 미치게 보고 싶어진다. 이어 작년에 병원 입원실에서 가는 생명줄을 붙들고 이승과 저승의 경계를 넘나들던, 기막힌 처지의 나를 떠올린다. 그리곤 기적같이 살아나서 뉴질랜드 트레킹을 무사히 마친 지금의 나를 본다. 자신을 위로하고 격려한다.

머물러 있는 이곳에서 내가 참주인으로 살면 지금 서 있는 자리에서 바로 행복과 평온을 얻게 될 것이다. 그랜드 밀레니엄 호텔 로비에서 그동안 한 팀으로 함께 지낸 이들과 간단한 작별 인사를 나눈다. 그들과 다시 만날 기회는 없겠지만 뉴질랜드 트레킹의 기억 속에는 함께 남아있을 것이다.

3월 19일 (수)

03
CHAPTER

Anyway back
원상 복귀

14. 열셋째 날 고난의 귀향길

　귀국하는 날 아침이다. 지금껏 트레킹하거나 관광하며 즐기던 때와는 달리 귀소본능으로 들떠서 마음이 엄청 바빴다. 호텔 조식 후 체크아웃하고는 곧장 오클랜드 공항으로 간다. 지척이라 30분 정도밖에 걸리지 않는다. 출국 수속 후 자투리 시간에 오클랜드 공항 면세점을 둘러본다. 얄궂게도 제일 먼저 생각나는 게 남편이 아니라, 첫 손녀 민주였다. 그림책과 키위 인형을 벌써 사뒀건만 잡화점에서 키위새가 그려진 앙증맞은 핑크색 티를 보니 또 아기 생각이 난다. 값도 싸고 품질도 괜찮아서 민주 티를 시작으로 나머지 가족 것까지 왕창 샀다. 돌아와서 보니 남자 티 하나를 덜 챙겨 온 거다. 어이구, 정신머리하곤! 결국 제일 만만한 남편에게 뒤에 더 좋은 걸 선물하기로 하고 딸과 사위, 아들에게 기분 좋게 선물했다. 마누카 치약과 립밤도 저렴하게 구매해 지인들에게 기념으로 선물했다. 저가의 현지 특산물을 사면 즐겁고 재밌다. 소확생! 소소한 기념품 하나로 그때를 즐겁게 떠올릴 수 있으니까. 고가의 명품에는 별 관심이 없다. 그래서 쇼핑을 즐기지 않는다. 그런데 할머니가 되고 나니 이쁜 것만 보면 절로 눈이 가고 사고 싶은 마음이 불쑥 생긴다. 어린것이 눈앞에 보이기만 해도 바보 같은 미소를 지으며 절로 무장 해제가 되는 걸 어쩌랴!

대한항공기는 예정된 시간 11시 45분 언저리에 출발한다. 친구의 노력으로 앞좌석 공간이 넓고 화장실이 가까운 비상구 라인의 좌석을 배정받게 됐다. 내가 환자임을 친구가 승무원에게 강력하게 어필한 덕에 가는 동안 이런저런 도움을 받았다. 장거리 비행시간이 버겁다 보니 바로 생손앓이가 시작됐다. 면역력이 떨어지고 있다고 내 몸이 즉각적으로 보내는 신호다. 너 지금 힘드니 조심하라고. 성난 손가락이 벌겋게 부어오르면서 열이 나기 시작한다. 승무원이 수시로 얼음팩과 티슈를 갖다주며 괜찮냐고 묻는다. 피로가 누적되면 어김없이 발병하는 단순포진 전조증상이라 그다지 당황스럽진 않다. 다만 심한 열감과 함께 욱신거리는 통증에 시달리는 게 힘이 들 뿐이다. 몸이 잘 참고 있다가 귀국할 때 증세를 보인 것에 대해 깊이 감사한다.

독일 낭만파 시인 노발리스는 '고통을 감당할 수 있다는 것에 대해 자부심을 가져야 하며, 고통은 인간으로 하여금 자신이 고귀한 존재임을 깨닫게 한다.'라고 피력했다. 이성적으로는 공감한다. 하지만 실상 즉발하는 고통은 육신을 극심한 통증으로 뒤덮어 미약한 영혼마저도 잠식해 버린다. 노발리스 말이 지금은 완전히 틀린 것 같다. 뉴질랜드 남북 섬을 오가는 트레킹 위주의 13일짜리 여행이, 12시간 이상 소요되는 장거리 비행이 추적관찰 중인 자궁경부암 3기 중증 암 환자란 꼬리표를 단 내게 힘들지 않다면 완전 거짓말이다. 어쨌든

통증을 최대한 달래며 갈 수밖에 없다. 기내에선 비타민C와 진통제, 얼음찜질
이 전부이긴 하지만.

신경통을 동반한 몸살

옆좌석에 아기를 안은 엄마는 칭얼대는 애 달래느라 넋이 반쯤 나가 있다.
민주가 보고 싶어진다. 지금 내 삶의 가장 큰 에너지원인 아이! 집으로 돌아간
다는 일념으로 통증을 누그러뜨려 가면서 길고 긴 지루한 비행시간을 견뎌낸
다. 저녁 8시경, 드디어 인천공항에 도착했다. 그러나 부산이 출발지인 우리의
여정은 아직 끝나지 않았다. 인천공항에서 바로 부산으로 가는 리무진 버스가
11시 20분경에 출발 예정이라 한다. 공항 한쪽 구석에 놓인 소파에 환자처럼
널브러져 드러누웠다. 참, 환자처럼이 아니라 난 환자지! 거의 3시간 동안 꼼짝
안 하고 대자로 뻗어 기절하다시피 잤다. 친구가 차 타러 가자고 흔들어 깨운
다. 리무진으로 다시 5시간 더 가야 된다. 참말로 곡소리 나는 귀향길이다. 마
침내 새벽 4시 반경 부산 동래에 도착했다. 남편이 첫새벽에 마중을 나왔다.
변함없는 내 사람이다. 근 이 주일가량 엉덩이에 커다란 단순포진 물집들이 우
후죽순처럼 여기저기 솟아오르면서 신경통을 동반한 몸살을 유발해 고생 좀
했다. 통증은 나를 집안에 가두어 완전히 휴식하게 하고 회복하게 했다. 이 정
도는 아파야 뉴질랜드 밀포드 트레킹의 추억에 대한 최소한의 예의가 아닐까.

긴 쉼이 다시 바깥 풍경을 조금씩 그리워지게 한다.

3월 20일 [목]

영광의 상처

　포진의 상처는 엉덩이 여기저기에 그 흔적을 남긴다. 스스로 선택하고 결정해서 행한 결과니까 영광의 상처라 여기며 산다. 어느덧 아침 열어둔 창 너머로 찌는 듯한 한여름 열기가 선선한 기운으로 변해 창문을 타고 슬금슬금 기어 들어 온다. 윤유월이 끼이고 기후 온난화로 죽을 듯이 무덥던 더위가 시간 앞에 속절없이 숨이 죽는다. 가을이 코앞으로 다가오고 있나 보다. 다음 주 초(9월 8일)에 항암치료 때문에 오른쪽 가슴 위에 심어뒀던 케모포트를 제거하는 수술을 받으러, 2박 3일간 병원에 입원할 예정이다. 주치의와 상의 끝에 근 일 년 반 넘게 주홍 글씨처럼 가슴에 박혀있던 케모포트를 뽑게 되어 기쁘다. 물론 부분 마취해서 수술하면 또 상처가 남고 통증이 뒤따르겠지만, 어깨와 팔이 이물질로부터 자유로워진다는 생각에 입원 날이 기다려지기까지 한다. 큰 병은 작고 부실한 나를 점점 크고 단단하게 만든다. 인지학자 슈타이너는 고통의 결정체가 지혜라 했다. 내 고통의 결정체도 상처의 흔적이 아니라, 부실한 몸으로 최선을 다해 좋아하는 일을 해냈을 때 느끼는 성취감이나 자족감 또한 그로 인한 충만한 기쁨이니 조금은 지혜로워진 게 아닐까 한다. 그렇다 쳐야지.

　지금껏 여러 번 길을 잃고 헤매며 살아왔다. 남이 끌어주는 길보다는 호기심에 새 길을 걷다가 혼자 낙오되어 엄청 혼이 난 적이 한두 번이 아니다. 그럼에도 불구하고 길이 주는 새로움과 즐거움이 길 잃었을 때의 낭패감과 절망감보다 크니 어쩌랴? 그러다 보니 자연히 지구별 구석구석을 뚜벅뚜벅 걸으며 자연에 애정을 갖고 관찰하며 내밀한 관계 맺기를 좋아하게 되었다. 좋은 건 어찌할 수가 없다. "야, 너, 지구별에서 살아봤어?" 훗날 누군가가 묻는다면, "응, 나 제대로 재미나게 살아봤어." 하고 대답할 수 있을 것 같다.

2025.11.13.